꿈꾸는 카메라

# 꿈꾸는 카메라

세상을 향한 아름다운 소통

초판 1쇄 발행    2012년 8월 6일
개정판 1쇄 발행 2017년 5월 1일
개정판 2쇄 발행 2017년 5월 9일

지은이        고현주
펴낸이        안호헌
아트디렉터    박신규
디자인        황유진

펴낸곳        도서출판 흔들의자
              출판등록 2011. 10. 14(제311-2011-52호)
              주소   서울 은평구 통일로65길 18-1, 3층
              전화   (02)387-2175
              팩스   (02)387-2176
              홈페이지  www.rcpkorea.com
              이메일   rcpbooks@daum.net
              블로그   http://blog.naver.com/rcpbooks

ISBN 979-11-86787-04-5 03810
ⓒ 고현주 2017. Printed in Seoul, Korea

# 꿈꾸는 카메라

세상을 향한 아름다운 소통

Embracing the World

고현주 지음

다시 나를 일깨워준
작은 친구들에게
이 책을 바칩니다.

꿈꾸는 카메라 책은 5,000부 가까이 판매가 되었던 책입니다. 출판계의 불황인 시점에 1,000부만 팔아도 잘 팔았다고들 하는데 고마운 일이지요. 2012년 문화체육관광부와 한국문화예술위원회가 주최하는 '2012년 소외지역 우수문학도서 보급사업' 4분기 청소년 우수문학도서에 이름을 올리기도 했습니다.

2013년 국립중앙박물관에서 사서가 추천하는 <2013 휴가철에 읽기 좋은 책>으로 선정되기도 했던 책입니다. 변변한 홍보 하나 없이 자가 증식으로 팔려나가는 책을 보면서 참 신기했습니다.

2011년 6월 15일부터 프레시안에 50여 회 동안 연재됐던 글과 사진을 엮은 <꿈꾸는 카메라>는 소년원 아이들이 사진을 통해 자신을 솔직하게 열어가는 과정을 그린 포토 에세이입니다. 제가 5년여에 걸쳐 소년원을 다니며 카메라라는 도구로 아이들과 마음을 터가는 과정은 제 스스로에게는 성장의 시간이 되었고, 아이들에게는 또 다른 자신을 발견하게 되는 시간을 담고 있습니다. 교육계에서 많은 분들이 꿈꾸는 카메라 책을 찾아주었습니다. 그런 현상은 아마 이 미친 듯이 빠른 속도의 시대를 살아가는 아이들에게 느리게 성찰할 수 있는 계기를 마련해 주고 싶은 어른들의 마음일 것입니다.

사진을 통한 인큐베이팅 과정은 익숙한 일상의 이미지에 새로운 자신만의 색깔로 이야기를 만들 수 있습니다. 일상에서 가장 흔한 주제를 가지고 각 주제별로 '바라보기'와 '사유하기'의 과정을 지났을 때 사물이 어떻게 다가오는지의 느낌을 사진으로 표현하고 글로 써내는 과정입니다. 그것은 오감을 열어 사물과 자신의 감성과 상상력이 만날 때 가능한 일입니다. 이러한 과정이 없는 '사진찍기'는 아무런 의미가 없습니다. 느리게, 천천히, 깊이 과정을 소중하게 알아가고 그 과정에서 스스로 알아가고 깨우쳐 갈 때 사진을 통해서 자기 자신과 조우할 수 있는 시간을 갖을 수 있습니다. 스스로 발효되어지는 시간은 소중합니다.

출판사 사정으로 절판되었던 이 책을 4년이 지난 지금 재출판 하는 것이 무슨 의미가 있을까를 고민해 봤습니다. 제 책이 훌륭해서가 아니라 제가 현장에서 카메라라는 도구를 통해서 사물과 자연을 천천히, 느리게, 깊이 사물을 바라보면서 그것들이 다가와 나에게 말을 거는 법, 소통하는 법을 체험하는 계기가 될 것이라는 조그만 희망을 보았기 때문입니다.

아픈 아이들이 있는 곳, 그리고 국가폭력으로 상처를 입은 사람들, 학교 부적응 청소년들, 소년원아이들, 보호관찰소 아이들... 그늘지고 아픈 사람들을 만나면서 사진의 역할에 대해 고민을 하였습니다. 카메라라는 도구를 통해 자신을 만나는 시간은 또 다른 삶의 기쁨이라는 소중한 체험을 잘 알고 있기에 <꿈꾸는 카메라> 재출판을 결정하게 된 이유이기도 합니다.

'바라보기'와 '사유하기'의 과정을 통해서 '사물을 낯설게 보는 법'을 알아가는 기쁨을 아이를 키우는 많은 엄마들과 방황하는 청소년과 교육현장에 계시는 선생님들과 함께 나누고 싶었습니다.

## '풀꽃'의 교육철학을
## 실천적으로 풀어낸 사진교육보고서

곽노현(전 서울특별시 교육감)

나는 고현주 작가에게 세 번 크게 감탄했다. 먼저 그의 <꿈꾸는 카메라> 책을 읽으면서 그의 섬세하고 아름다운 글 솜씨에 반했다. 아니, '늘 남에게 도움이 되는 사람이 되자'는 그의 꿈과 실천에 반했다. 두 번째로 그의 제주 연작 사진전에 가서 그 스케일에 놀랐다. 사진 속으로 들어가 휘젓고 다녀도 될 만큼 대작들이 많았다. 그럼에도 불구하고 사진 속의 중산간은 포근했고 바다와 기암괴석은 용틀임 쳤다. 그에게는 가슴 속 깊은 곳에서 솟구치는 열정을 차분하게 응시하는 내면의 힘이 있는 게 틀림없었다. 그에게서 느닷없이 날아온, 추천사를 의뢰하는 작은 편지가 세 번째 감동을 줬다. 빛바랜 장지를 기다랗게 오려서 캘리그래피 같은 손 글씨로 정성껏 써 보낸 편지에선 은은한 묵향이 났다. "다시 느리게, 오래, 천천히, '본다는 것'에 대해, '볼 수 있다는 것'에 대해 감사하고 충만한 아침"에 쓴다고 했다.

편지 뒤쪽에선 바싹 마른 작은 풀꽃 하나가 빙그레 웃고 있었다. 본래 피아노를 전공하고 음악교사로 교편을 잡기도 했으니 영락없는 전방위 예술가이자 대책 없이 아름다운 분이다.

<꿈꾸는 카메라>의 부제는 고현주 작가가 추구하는 것이 무엇인지 한마디로 말해준다. 그것은 '세상을 향한 아름다운 소통'이다. 사랑으로 '세상을 품어 안기'다. 그런 생각을 살아내고자 소년원 아이들에게 다가가 마음을 열었다. 아이들이 카메라의 눈을 통해 "사물을 천천히 바라보고 가까이 다가가 말을 걸고 마음을 드러내는 능력"을 익히기를 소망하며 아이들과 뒹굴었다. 그 과정에서 아이들은 자존감을 회복했고 작가는 아이들한테 위안과 치유를 받았다. <꿈꾸는 카메라>는 그 작업에서 길어 올린 작가의 통찰과 경험을 군더더기

없는 문장과 빛나는 아포리즘으로 풀어낸다. 그의 글은 마치 새벽공기처럼 정갈하고 겨울햇살처럼 투명하다. 그의 글에서 나는 때때로 그의 영혼의 기도를 들었다. 그때마다 몽롱하던 정신이 서늘하게 깨어나며 마음이 따뜻하게 채워지는 흔치않은 경험을 했다.

요즘 사진이 사방 천지에 넘치는 디지털카메라 시대다. 하지만 마음을 담아내고 마음을 움직이는 사진은 아직도 흔하지 않다. 나는 평소 사진은 마음으로 본 것을 카메라의 눈으로 집중 포착하는 표현행위라고 생각해왔다. 사진은 보는 눈을 길러주지만 결국 보는 마음의 도구다. 아무도 자신의 내면의 풍경을 찍지 못하지만 사진은 찍힌 사람이나 사물보다 찍은 사람의 내면을 드러내줄 때가 많다. 그래서 각자가 사진을 찍고 함께 보며 소감을 나누면 내면을 표현하고 소통하며 공감하는 데 아주 유용하다. <꿈꾸는 카메라>는 '누구나 가까이서 오래보면 사랑스럽다'는 '풀꽃'의 교육철학을 실천적으로 풀어낸 사진교육보고서로 읽혀도 무방하다.

끝으로 내 마음을 사로잡은 고현주 작가의 교육관련 아포리즘을 소개한다. "보이지 않는 것을 보는 힘이 창의력이다." "교육은 지식이 아니라 정서다. 따뜻한 정서가 먼저고 지식은 그 다음이다. 학생에게 따뜻한 정서를 먼저 느끼게 해줄 수 있는 선생이 능력 있는 선생이다." 나는 고현주 작가가 누구보다 '능력 있는 선생님'이라는 사실을 보증

할 수 있다. 그래서 '찍는 법' 대신 '보는 법'을 가르치는 고현주표 꿈꾸는 카메라 교실이 사진교육의 새로운 전범이 되기를 기대한다.

이 책을 집어든 독자들도 내가 그랬듯이 <꿈꾸는 카메라>와 지독한 사랑에 빠져들게 될 것이다. 물론 어떤 책도 작가만큼 매력적이지는 못하다.

# 세상 한 귀퉁이가
# 따스해 지고 있다.

박재동(만화가, 한국예술종합학교 교수)

나는 당시로 보면 아주 어렸을 때부터 사진을 찍기 시작했다.

내가 중학교 때는 학교마다 사진사가 한사람씩 있어 아이들이 돈을 내고 사진을 찍었다. 그래서 아이들 중 개인이 카메라가 있는 경우는 극히 드물었다. 그런데 내 친구 형이 시를 잘 써서 시집을 낼 때 내가 삽화를 그려 줬으므로 그 형의 카메라를 내 것처럼 갖고 다니면서 찍었기 때문에 사진은 내게 매우 익숙했다. 일제 '올림푸스 펜' 이라는 카메라.

게다가 나는 그림을 그렸기 때문에 항상 풍경을 볼 때 구도를 잡는 다며 사각프레임을 쳐서 보는 습관이 있었기 때문에 사진 찍기는 어렵지 않았다. 그러다 필름이 필요 없는 디지털 카메라를 샀을 때는 하도 자유로와 하루에 5천장을 찍기도 했는데 나중에 보니 그건 안 찍는 거나 다름없는 일이란 것도 알았다. 다시 볼 시간이 아마도 영영

없으리라.

핸드폰으로 그냥 대 놓고 찍을 수 있는 지금. 나는 순간적으로 프레임을 갖다 댄다. 내게 있어 사진은 빨리 현실을 포착해서 보관하는 것. 다시는 보기 힘든 수천 수만 장의 사진들을 다만 언젠가는 쓸데가 있으리라 하면서 딥다 찍어 놓는 것. 사진을 찍어 놓지 않으면 그냥 이 순간이 허공에 날아가 버릴 것 같아 저장해 놓는 것. 가능한 한 빨리 찍는 것. 에스엔에스에 빨리 써먹는 것. 그래서 마구마구 찍어 놓는 것. 네이버 클라우드에 자동 저장되고 조리개 크기 셔터 속도 모두 카메라가 알아서 해 주니까 그냥 누르면 되는 것. 이것이 나의 사진 찍는 법이다.

그런데 고현주의 카메라는 그게 아니었다. 기억의 보관이 아니었다. 빨리 사진을 잘 찍는 방법이 아니었다. 사물을 하나하나 천천히 바라보는 것. 찍는 법이 아니라 보는 법이었다. 사물이 자신에게 다가 와 말을 걸 때 까지 고요히 오래 바라보면서 눈으로 사색하는 법이었다. 그러면서 사물을 만나고 드디어 대화를 트는 일이었다. 마침내 자신의 가슴을 열고 그래서 다른 이의 가슴을 여는 일이었다.

아 아! 이런 방법이 있구나!

하기야 그림 그릴 때도 내가 돌을 오래 바라보면서 그리자 딱딱하기 짝이 없는 돌이 드디어 몰랑몰랑해 지더니 마침내 수줍게도 나에게 "저를 마음대로 하세요."라고 하지 않았던가! 천천히 사물을 오래 바라보면 둘 사이에 대화를 하게 된다. 계속 바라보면서 사진을 찍거나

그림을 그리거나 하면 둘 사이가 달라진다. 깊이 친해지게 된다. 친해
지면 사물은 많은 것들을 내어 놓게 된다. 마침내 모든 것을 다 내 놓
는다.

그러고 보면 하루에도 수많은 사람을 만나지만 특별히 많은 대화를
하지 않고 지나가는 사람은 그냥 툭툭 찍어 버리는 사진과 마찬가지
인 셈이다. 오래 바라보며 친해졌을 때 그 때 그는 나에게 꽃이 되고
하나가 되고 그제서야 나도 비로소 존재한다. 사진을 통해 결국 자신
을 만나게 되는 일이었다. 나와 달리 고현주의 카메라는 이런 놀라운
일을 하고 있었던 것이다.

그런데 고현주의 사진찍기는 여기에 머무르지 않는다. 혼자서 아름다
움을 캐내는 일에 머무르지 않는다. 혼자 듣는 사물의 이야기 소리를
담아 보여 주는데 그치지 않는다. 재잘 거리는 많은 아이들이 있다.
그 중에 상처 입은 아이들을 만나러 들어간다. 들어가서 아이들과 함
께 카메라를 들고 사물을 만나러 간다. 거기서 아이들은 편견과 선입
견 없이 사물과 마음을 열고 대화하는 법을 배운다. 결국 거기서 아
이들은 자신을 만난다. 그리고 자신을 알아주고 다른 사람을 알아주
게 된다. 사람은 누군가가 알아 줘야 한다. 그리고 사랑을 주고받아야
한다. 상처를 입었을 때는 토닥여 줘야 한다. 누구나 그것을 바란다.
그것이 모자라 모두들 허기져 힘들어 하는 것이다. 그 허기를 채워 주
는 법을 배운다. 고현주의 꿈꾸는 카메라는 이렇게 치유와 교육의 역
할까지 한다.

그러나 그가 깨달은 것은 치료도 아니고 교육도 아니었다. 그가 깨달은 것은 '친구가 되는 일'이었다. 친구가 되어 같이 무언가를 하는 일이다. 그것이야 말로 굳이 말한다면 최상의 치유이자 교육일 것이다. 친구란 수평 관계가 되는 일이다. 수평 관계가 되지 않는데 가슴을 어찌 열겠는가? 그리하여 고현주의 '꿈꾸는 카메라'는 한마디로 세상과 우리를 귀하게 만든다. 귀하게 여김을 받으면 모든 괴로움과 외로움은 끝나는 것이다.

고현주는 지금도 어른들에게서 세상에서 상처 입은 아이들의 친구가 되어 따스한 렌즈를 움직이고 있다. 이 세상 어느 귀퉁이에서 누군가 꼭 했으면 하는 일을 카메라를 통하여 하고 있는 것이다.
세상 한 귀퉁이가 따스해 지고 있다.

# 내가 아는 고현주와 소년원 아이들
# 그리고 꿈꾸는 카메라

최형락(프레시안 기자)

<프레시안> 연재 '고현주의 꿈꾸는 카메라'는 2011년 6월 15일에 시작됐다. 1년이 넘는 시간 동안 50여 회의 글과 사진이 지면에 소개됐으니 사진가의 부지런함을 알 만하다. 사진가는 그동안 연재에 매달려 있었다고 해도 과언이 아니다. 몇 번의 슬럼프를 겪으면서도 연재는 계속됐다. 책으로 묶어 내는 시점에서 그는 담당자인 내게 옆에서 지켜본 얘기를 써달라고 했다. 떠오르는 기억 몇 가지를 적어본다.

처음엔 발행일이 매주 수요일로 정해졌다. 화요일 3시까지는 원고를 받아야 한다며 나는 재촉하는 입장이었고 그는 늘 쫓겼다.

그러나 몇 달 가지 못했다. 어느새 원고를 보냈는데 왜 빨리 올려주지 않느냐는 닦달을 받는 신세가 돼버린 것이다. 원고를 제때 보내서가 아니다. 어차피 수요일마다 내지 못할 바에야 그냥 수시 연재로 하자는 결정이 있은 후의 일이다.

그는 글을 매우 힘들게 썼다. 밤새 쓰고 새벽에 메일을 보낸 적이 많았다. 읽어보면 한 줄 한 줄 머리를 쥐어짜며 쓴 흔적이 보였다. 사실 연재가 정기적으로 나가지 못한 것 또한 이런 이유였다. 한 달 가까이 원고를 주지 않은 적도 있고 일주일에 3개의 글을 몰아쳐 써서 보낸 적도 있었다. 원고를 주지 못할 때는 밤 늦은 전화로 쓰지 못하는 심경을 장황하게 풀어내곤 했다. 그러고 보면 내가 담당한 건 연재만이 아니었다.

피가 뚝뚝 떨어지는 날것의 원고. 어쩌면 고현주의 힘은 세상 눈치 보지 않는 그 독특함에 있을지 모른다. 아는 사람들은 알겠지만 그의 줄 바꿈은 특이하다. 읽어보면 산문인데 줄 바꿈은 시다. 호흡에 맞춰 엔터키를 눌렀으리라 짐작하면서도 행 중간에서 끊긴 채 다음 줄로 내려앉아 버린 문장을 수정하지 않을 수는 없었다. 형식만의 얘기는 아니다. 누구의 눈치도 보지 않고 그는 늘 솔직한 글을 썼다.

솔직함 얘기를 하니 그와의 인터뷰가 기억난다. 연재를 앞두고 진행된 인터뷰에서 '뜨기' 위해 아이들에게 다가갔다고 털어놓았다. 정말 솔직한 사람이구나 싶었다. 제주도의 소문난 부잣집 공주로 자란 그가 교사 노릇을 그만두고 사진을 하겠다고 상경해 대학원을 마치고 절박한 마음에 찾아간 곳이 소년원이었다.

그러나 어느덧 그 일을 그만둘 수 없게 됐다고 했다. 아이들의 변화를 지켜보는 일을 포기하지 못해 지금까지 오게 된 것이다.

남다른 그의 진정성의 배경이다.

우리는 아이들의 교육에 대해 여러 번의 이야기를 나눴다. 도발은 언제나 나의 의심이었다. 아이들과 함께 제주도 여행을 다녀온 이후다. 나는 어쩌면 아이들이 고현주의 교육방식을 알아채고 적당히 맞춰주는 것일지 모른다고 생각했다. 그러지 않고서는 설명하기 힘든 부분이 많다고 여겼다. 내 눈에는 아이들이 외로움과 상처를 표현하는데 무덤덤해 보였고, 용서와 치유를 말하는 데 주저하지 않는 것처럼 보였기 때문이다. 그는 어쩌면 그럴지도 모른다고 인정했다. 그러나 아이들이 마음속 이야기를 표현하고 사진으로 자신의 이야기를 풀어가는 연습에 대해 분명한 확신을 갖고 있었다.

연재를 시작하면서 나는 아이들이 찍은 사진과 함께 아이들의 사연을 소개해서 성장과정이 어떤 심리상태를 만들어내는지를 관찰해보자고 제안했다. 그러나 그는 언제나 아이들 걱정이었다. 사연을 풀어놓다가 세상에 노출될까 불안해했다. 가명을 쓰고 세세한 부분을 빼면 가능할 것이었지만 끝까지 조심스러워 했다. 알고 보니 이런 이유가 전부는 아니었다. 아이들에게 아픈 얘기를 자세히 들으려 하는 것의 부작용을 이미 알고 있었고, 아이들의 이야기를 직접적으로 이용하고 싶지 않아 했던 것이다.

제주도 여행이 떠오른다. 격 없이 아이들과 신나는 한때를 보내고 돌아왔다. 그러나 2박 3일 동안 가까워진 아이들에게 왜 여기 들어와 있는지 묻지 못했다. 그 순간만큼은 아픈 기억을 다 잊었으면 하는 마음이었고, 여태껏 그들에게 관심조차 없던 내가 부끄러웠기 때문이었다. 이 조심스러운 마음을 가르쳐준 사람이 고현주다.

부모와 사회로부터 제대로 보호받지 못해 일탈에 노출된 아이들이 뒤늦게 국가의 보호를 받는 곳이 소년원이다(소년원은 교정기관이 아니라 보호기관이다). 사회 제도가 제대로 갖춰져 있었다면 그곳에 가지 않았을 아이들이라고 말하면 억지일까.

이 책은 아이들의 잘못을 그 부모와 사회에 묻고 있다. 학교 폭력의 책임을 가해 학생에게만 묻는 지금의 세상에 던지는 용기어린 목소리다. 그는 어쩌면 사회를 피고로 세우려는 발칙한 시도를 벌이고 있는 것이다.

우여곡절 끝에 연재가 1년을 넘어서고 책으로 묶여 나왔다. 감회가 남다르다. 세상의 또 한 부분을 가르쳐준 선배에게 감사한다. 마음을 열어준 아이들에게 감사한다. 책이 많이 팔렸으면 좋겠다.

차 례

────────

이야기 하 나 바라보기
내 마음이 보이나요?

이야기 둘 드러내기
세상을 향한 소통의 시작

24

이야기 셋 다가가기
내가 너에게, 네가 나에게 보이는 순간

이야기 넷 함께하기
너와 내가 다르지 않음을 인정하기

이동환(전 정심여자정보산업학교장, 구안양소년원 원장), 김용택(시인), 이해인(수녀, 시인),
김민웅(성공회대 교수), 최순호(전 조선일보 사진부 부장), 송호창(전 국회의원, 변호사),
이명재(전 법무부 인권국장), 한영선(전 법무부 서울소년분류심사원 원장, 범죄학 박사)

바
라
보
기

내 마음이 보이나요?

이 모든 '봄'의
행위에는
'마음'으로 연결되는
통로가 있다

바
라
보
기

시각은 인간이 사용하는 오감 가운데 가장 강력한 힘을 갖고 있다. 눈이 있다는 것은 본다는 것이고, 본다는 것은 인식한다는 것이다. 하지만 인식의 틀에 갇히면 보기는 하나 더 이상 보이지 않는다. 사물 혹은 사람을 바라보며 우리는 기억하고 싶은 것만 떼어내 개념화한다. 똑같은 사물을 바라보아도 보는 사람들에게 각각 다른 이미지로 다가오는 이유는 바라보는 대상에 사람의 심상이 들어갔기 때문이다.

예를 들면, 하늘을 본다고 하자. 사랑하고 있는 사람에게 맑은 하늘은 기쁨이지만 사랑을 잃은 사람에게 맑은 하늘은 맑지만 슬픔이다. 맑은 하늘은 어떤 사람에게는 환희나 기쁨으로 저장되고, 또 어떤 사람에게는 슬픔으로 저장된다.

이 모든 '봄'의 행위에는 '마음'으로 연결되는 통로가 있다.

사진은 정직하다. 슬프면 슬픈 대로, 기쁘면 기쁜 대로, 고통스러 우면 고통스러운 대로, 상처 나면 상처 난 대로, 우리들 마음에 초롱불 하나 밝혀 마음의 결을 따라 세세하게 비춰준다.

사진은 '찍는 법'을 가르치는 예술이 아니다. 먼저 사물을 천천히 '바라보는 법', 사물에 다가가 '말을 거는 법', 마음을 '드러내는 법'을 익힌 다음 서서히 자신과, 타인과, 사물과, 자연과 소통하는 길을 찾고, 그 길을 따라 세상에 한 발짝 성큼, 다가가는 일이다.

'사색'은 '오래, 천천히, 깊이 바라볼 수 있는 힘'이 생겨야 가능하다. 어느 날 갑자기 오래, 천천히 바라볼 수 있는 능력이 생기는 것은 아니다. 잘 보는 훈련이 사색할 수 있는 힘을 길러준다.

평화로운 마음으로 바라보는 법.

오래 들여다보고 관찰하는 법.

사물이 자기에게 다가오게 하는 법.

이 모든 것에 익숙해지도록 한다는 것을 의미한다.

디지털 문화는 속도에 대한 집착만 키워냈다. 속도가 빠르다고 일의 밀도가 높아지는 것은 결코 아니다. 빠른 것에 집착할수록 우리의 시선과 마음은 불안하게 여기저기 헤매고 있다. 창의력과 상상력이란 느림의 정서에 완전히 스며들었을 때 나오는 힘이다.

"어떤 자극에 즉시 반응하지 않고, 속도를 늦추고 중단하는 본능을 발휘하는 법을 배워야 한다.”라며 어떤 철학자는 시각에 대한성찰을 권고한 바 있다.

시선이 어떤 대상을 향해 오래, 느리게 머물 때, 우리의 시각은 그동안 잠자고 있던 오감을 모두 일깨울 것이다. 감각의 세포들이 눈을 뜨며 살아나는 순간 시각, 청각, 촉각, 후각, 미각이 각각의 분절된 감각이 아니라 하나로 연결된 감각이란 것을 스스로 느낄 것이다. 인상주의 화가 폴 세잔은 사물의 향기도 볼 수 있노라고 말했다.

향기를 시각화하는 것, 소리를 시각화하는 것, 맛을 시각화하는것, 감정을 시각화하는 것, 언어를 시각화하는 것은 오로지 느리게 바라보는 상태에서 자신과 사물의 세계 속에 침잠할 수 있을때 가능한 것들이다. ‘보는 법’에 대한 교육이 필요하다.

### ‘기술적인 바라봄’이 아니라 ‘사색적인 바라봄’

이를 성찰을 할 때가 되었다. 철저히 보는 법에 대한 교육이 우선되지 않은 사진은 단지 이미지만 재생산할 뿐 더 이상의 울림은 주지 않는다.

소년원에서 만난 친구들이 사진에 대한 개념을 새롭게 해주었다. 사진은 ‘찍는 법’이 아닌 ‘천천히 바라보고 드러내는 법’을 함께 하는 일. 사진 작업이 그들의 마음 안에 곪아터진 상처와 아픔들을 양지바른 곳에 꺼내어 바람과 햇빛에 잘 마르게 도와주고 있다.

내가 만난 친구들은 나쁜 친구들이 아니다. 저마다 솜털 같은 감성을 간직하고 있고, 마음속에 태양 같은 빛남이 있다. 단지 우리 어른들이 잘 못 볼 뿐이다. 어른들이 이 친구들을 자세히, 오래, 깊이 들여다봐야 한다. 자세히 보면 보이고, 깊이 들여다보면 사랑이 생긴다. 왜 그토록 거칠어졌는지, 왜 외로워하는지, 왜 아파하고, 왜 방황하는지…….

사진 작업을 하면서 시나브로 친구들은 사진으로 자기만의 색깔을 만들고, 차분히 자신의 이야기를 풀어낸다. 여린 연두 빛 봄풀 같은 감성이 나풀거리며 사물에 말을 건넨다. 여리디 여린 감성이 친구들 마음에 강물처럼 흐르는 것이 보인다.

우리가 마음을 열면 그들도 따라 연다.

그러면 그들의 눈빛이 고요해지고, 그들의 미소가 환해진다. 난 오늘도 그들에게 '천천히, 오래, 깊이'를 그들의 귀에다, 마음에다 대고 조곤조곤 말할 것이다.

—

# 내 마음이 보이나요?

"나에 대해 생각해보는 시간입니다. '나'를 떠오르게 하는 단어를 노트에 생각나는 대로 적어보세요. 3가지 이상, 10가지라도 상관없어요. 오늘은 노트에 적은 단어를 이미지로 만들어보는 작업을 합니다." 첫 수업시간, 다소 생소하고 어려운 주제임에도 아이들은 금세 진지해지고, 숙연해졌다.

샛별이는 '외로움'이라고 적었다.

다른 친구들이 대부분 자연에서 자신의 이미지를 만들어냈다면, 샛별이는 여백을 활용하여 자신의 쓸쓸하고 외로운 느낌을 표현했다. 영특하게도 공간과 사람의 비율을 적절히 활용해서 자신이 의도한 이미지를 극대화했다. 작품이 훌륭하게 완성되었다.

© 천샛별

사물을 대상으로 셔터를 누르기 전에, 사물과 나의 관계를 글로 풀어
내는 작업을 거친 후 아이들의 사진은 달라지기 시작했다.

눈으로 사진을 찍는 게 아니라 온몸에 와이파이를 작동시켜 찍기 시
작했다. 사물을 보기도 하고 자신의 내면을 보기도 하면서 아이들은
어느새 사진을 자신의 언어로, 자신의 색깔을 만들어 가는 방법을 찾
아가고 있었다. 감성에 다가가 조용한 혁명을 일으키는 사진, 닫혀 있
는 그들에게도 가장 좋은 마음의 일기장이 되었다.

사진을 보면 마음이 들리고, 마음이 보인다.

―

# 보이지 않는 것을 보는 힘

"빛의 세계에서 시각이란 선물이 삶을 풍성하게 하는 수단이 아닌 단지 편리한 도구로만 사용되고 있다는 사실은 너무도 유감스러운 일이다."

헬렌 켈러는 <사흘만 볼 수 있다면>이란 책에서 볼 수 있다는 것이 얼마나 큰 축복인지 말한다.

매일 드나드는 집. 매일 마주치는 사람들, 가족, 매일 보는 사물들, 매일 걷는 동네. 우리 몸에 안테나를 세우고 보면 놀라운 세상이 보인다. 놀라운 사람들이 보인다. 놀라운 일이 벌어진다.

황수선화가 찍은 딱풀이다. 정확히 말하자면 딱풀뚜껑이다. '내가 관찰한 것 찍기' 시간에 만든 작품이다. 최소한의 색상과 단순한 형태로 대상의 본질만 남기고 불필요한 요소들을 제거했다.

미니멀리즘의 작품을 보는 듯하다.

황수선화의 작품 접근에 내심 놀랐다.

눈은 이미 작은 뇌의 기능을 한다. 눈으로 빨아들인 정보는 뇌에 화석처럼 박혀 어떤 사물을 봤을 때 연상하고, 이미지화한다. 눈은 모든 감각 중 가장 중요하면서 파워풀한 감각이다. 눈이 있다는 것은 본다는 것이고, 본다는 것은 인식한다는 것이다. 하지만 인식의 틀에 갇히면 보기는 하나 더 이상 보이지 않는다. 그래서 본다는 것은 자유와 구속의 경계이다.

황수선화는 인식의 틀에서 벗어난 눈으로 딱풀을 바라봤다. 딱풀을 찍었지만 또한 딱풀을 찍은 것이 아니다. '보름달'일 수도 있고, '자신이 되돌아갈 둥지'일 수도 있다.

수선화는 풀 너머 그 이상의 것을 봤다.
자유롭게 보고 잘 찍었을 뿐이다.

ⓒ 황수선화

ⓒ
황
수
선
화

어떤 시인에게 물었다.

"선생님처럼 글을 잘 쓰려면 어떻게 해야 되요?"

"잘 보면 돼."

딱 한마디! 나도 아이들에게 꼭 같은 말을 전한다.

"잘 보면 돼."

보이지 않는 것을 보는 힘이 창의력이다

---

# 또 하나의 나, 뒷모습

눈, 코, 입이 있는 얼굴은 마음먹기에 따라 다양한 표정을 만들어낸다. 하지만 뒷모습은 그렇지 못하다. 타인에게 무심히 노출 되는 또 다른 자신의 얼굴이다. 내 마음대로 표정을 지어내기는 어렵다. 그래서 뒷모습은 대체로 솔직하다.

평소 무심하게 지나치는 친구들의 뒷모습을 찍기로 했다.

"표정 있는 뒷모습을 찾아서 찍어보자."

"샘! 어떻게 뒷모습에 표정이 있어요?"

뒷모습에도 표정이 있다는 말에 의아해하는 아이들. 반응은 당연하다. 대부분의 사람들이 자신이나 타인의 뒷모습에 큰 관심이 없이 살아간다.

뒷모습은 단순하다. 복잡한 디테일로 이루어지지 않았다. 그저 몸의 한 공간이자 그 공간의 전체일 뿐이다. 어쩌다 문득 아버지의 뒷모습

에서. 친구의 뒷모습에서 마주보며 나눈 표정이나 말보다 더 진실한
이야기를 발견할 때가 있다.

친구의 뒷모습 ⓒ박나리

"얼굴에 표정이 있지? 뒷모습도 또 하나의 얼굴이야. 잘 관찰해봐."
뒷모습을 찍은 친구들의 사진 중 유독 눈에 들어오는 두 장의 사진이
있다. 요리실습이 끝난 후 마무리하는 친구의 뒷모습. 무언가 고민이
많아 보이는 친구의 뒷모습이다. 발랄하고 유쾌해야할 10대의 뒷모
습에 외로움과 고민이 잔뜩 묻어 있다. 그들도 같이 느끼고 있었다.

"친구의 뒷모습이 왠지 쓸쓸하고 고단해 보여요."

창문 너머 렌즈를 통해 바라본 친구의 뒷모습을 보면서 여러 가지 생
각이 들었던 모양이다. 어떤 주제를 주면 처음에는 힘들어해도 곧잘
찍곤 하는 아이들의 재기 발랄함, 시각의 발칙함이 이번에도 여지없
이 빛났다.
사진은 관찰하는 도구다. 과학이자 예술이고 문학이자 음악이다.
사진 한 장에 시간의 상처와 시간의 영광이 다 함축되어 있다.
사진은 현실의 단순한 기록이라기보다 사물과 사람을 바라보는 기준
이다.

아이들은 지금 여기,
자신의 시간의 상처를 사진으로 기록하는 중이다.

친구의 뒷모습 ⓒ 황수선화

—

# 어! 보이네?

'숫자를 찾아라!' 시간이었다. 사진 수업에서 많이 활용하는 커리큘럼이면서 아이들이 특히 좋아하는 하는 시간이기도 하다.

무심하게 스쳐 지나갈 수 있는 사물들을 꼼꼼히 관찰하는 일은 사진수업의 가장 기본이기에 그 만큼 중요한 수업이다. 늘 바라 보던 사물, 공간, 사람들 안에서 숨어있는 이미지를 발견하는 즐거움은 사진 찍는 또 하나의 매력 중 하나이다. 이곳 친구들이 움직일 수 있는 공간이라고는 운동장, 조그만 정원, 교실이 전부다. 담장 너머로 나갈 수 없으니 갑갑할 노릇이다. 해마다 친구들은 바뀌지만 나는 4년째 이 공간에서 사진 수업을 하고 있다. 수업을 이끄는 나로서는 꼼수 부릴 시간도 없이 머리를 짜내야 친구들이 싫증 내지 않는 수업을 진행할 수 있다.

닫힌 공간.

어쩌면 사진 찍는 데 최악의 조건이자 최선의 조건이기도 하다.
이 친구들과 수업하면서 이런 최악의 조건들이 어떻게 최선이 되는지
보게 되었다. 나뿐 아니라 우리 스스로 몸으로 부대끼면서 느꼈다.

최악의 조건은 항상 실험의 대상이다.

실험들은 번번이 실패하는 듯했다. 하지만 아주 가끔 성공할 때도 있
다. 그 성공이 지금껏 아이들을 이끌어가는 것인지 모른다.
어쩌면 우리는 주어진 상황 자체를 즐기면서 사진에 재미를 배워가고
있는지 모르겠다.
"달님아! 만들어서 찍었니?"
"아-뇨. 자세히 보라고 해서 봤더니 보이던데요."
달님이가 찾은 숫자는 3과 6이다. 세상에 이렇게 예쁜 숫자가 또 있을
까? 놀랍다. 더 이상 찍을 게 없을 것 같은데도 새로운 것들이 자꾸 나
오니! 신기하다. 나도 사물의 디테일한 변화를 이곳에서 새롭게 느끼
고, 이 친구들을 통해 눈뜬다.

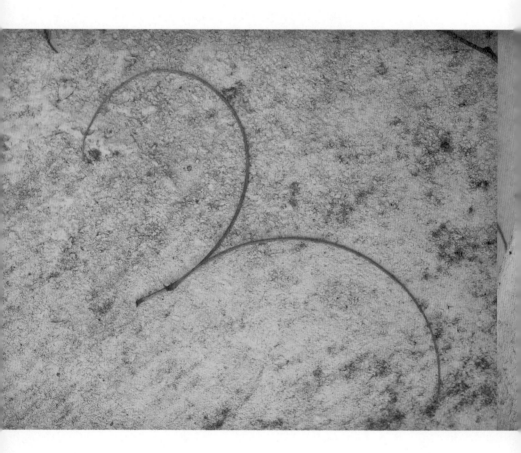

# 꽃들의 왈츠

오선지에 걸린 꽃들의 왈츠 © 문초록

리듬감이 느껴질 정도로 재미있는 사진이다. 저절로 흥얼거리게 된다. 사진 안에 담긴 이미지가 명랑한 상상을 일으킨다.

초록이가 찍은 사진은 공교롭게도 전선줄 위에 핀 꽃들의 음표이다. 누구든 이 사진을 보면 자연스럽게 음악시간에 배운 오선지를 먼저 떠올리게 된다. 음악의 종류는 크로스오버이건, 힙합이건, 클래식이건 상관없다. 사진에 푹 빠져 있다가 나도 모르게 왈츠를 연상한다. 꽃과 꽃잎이 만들어낸 음표의 선율이 마음속에서 자연스럽게 리듬을 타고 있다.

초록이는 아예 화분 안 쪽으로 들어가 땅바닥에 누워서 이 사진을 찍었다. 때론 몸의 활용에 따라 사진의 결과물이 전혀 다르게 나온다. 몸과 카메라는 일란성 쌍둥이처럼 같이 움직인다. 사물의 감춰진 얼굴은 어떻게 보느냐에 따라 달라진다.

> 천 개의 눈으로 보면 천 개가 보이고,
> 한 개의 눈으로 보면 한 개만 보인다.

눈 안에는 눈만 있는 것이 아니다. 눈 안에는 마음도 있고(심안心眼), 눈 안에는 영혼도 있으며(영안靈眼), 눈 안에는 지혜로움도 있다(혜안慧眼). 시인이나 철학자, 문학가나 예술가는 육안, 심안, 영안, 혜안을 가지고 사물을 보는 데 익숙하다. 같은 사물을 봐도 제각기 생각과 식견이 다른 이유다.

눈은 우리 신체 중 유일하게 마음과 연결되는 기관이다. 그래서 난 오늘도 아이들에게 중요한 것은 찍는 기술이 아니라 사물과 자연을 바라보는 눈이라고 말한다. 자신의 내면을 향해 두 눈과 귀가 열려 있어야 사물의 뒷면이 보인다. 좋은 눈은 어느 날 갑자기 만들어지지 않는다. 습관이 되어 있어야 가능하다.

가만히, 무심히, 고요히, 깊이……
바라만 보아라.

그러면 시선, 그 너머에 있는 것들이 보이고, 그 무언가가 보이기 시작할 때 사진은 자신의 목소리를 낼 수 있다.

눈, 눈, 눈

학기가 시작되고 중반기 정도에 난 친구들에게 눈에 대한 재미있는
신화 한 편을 들려준다.

'이오니스의 100개의 눈'

"물결쳐 흐르는 이나코스강의 신 이나코스에게는 이오라고 하는 아
름다운 딸이 있었어. 이오를 흠모한 제우스는 매일 밤 꿈속에서 다정
한 말로 이오를 유혹하지. 결국 제우스는 이오를 얻은 데 성공하지만
아내 헤라의 질투를 두려워하여 이오를 알아보지 못하게 흰 암소로
바꾸어 버렸어. 헤라는 온몸에 백 개의 눈을 달고 있는 아르고스에게
이오를 지키게 해. 제우스가 곁에 가지 못하도록……
아르고스는 잠잘 때도 두 개의 눈만 감고 아흔 여덟 개의 눈을 뜨고

있어 사방을 감시할 수 있는 괴물이야. 이오를 불쌍히 여긴 제우스는 헤르메스를 시켜 아르고스를 죽이지. 날개가 달린 신발을 신고, 최면 장을 든 헤르메스는 갈대피리를 불어 아르고스의 백 개의 눈을 잠들 게 하는 데 성공해.

그리고 마지막 눈이 감기자마자 초승달 같은 칼을 들어 목을 쳤어. 아르고스의 머리가 떨어지자 그 많던 눈들은 빛을 잃고, 백 개의 눈은 모두 어둠에 잠겼어. 헤라는 아르고스의 눈을 모아 자신을 상징하는 새, 공작의 꼬리깃털에 보석처럼 달아 두었지."

"재밌지? 근데 이 이야기 듣고 무슨 생각이 들었어?"

여기저기서 먼저 이야기하겠다고 저요! 저요!

그중 제일 목소리가 큰 송이가 번쩍 손을 든다.

"샘! 눈이 아무리 많아도 보지 못하면 끝장이라는 말입니다."

정확히 이해하고 있었다.

"그렇지! 우린 겨우 두 개의 눈밖에 없지만 100개의 눈을 가진 아르 고스보다 더 많은 걸 볼 수 있어. 어떻게 보면 될까?"

또 송이가 큰 소리로 선수를 친다.

"잘!"

여기저기서 큭큭거리는 소리가 들린다. 명품답이다. 정말 잘 보면 된 다. 잘 보면 보인다. 잘 보면 사물의 뒷면, 사람의 내면까지 보인다.

이 신화는 사진을 찍을 때 눈을 어떻게 써야 하는지 정확히 알려준다.

사진이 조금씩 달라지기 시작한다. 사진이 달라지고 있음은 보는 방법이 달라지고 있음이다. 이야기 한 편으로 이렇게 큰 효과를 본다. "이렇게 찍어봐, 저렇게 찍어봐."라는 말을 할 필요가 없지 않은가!

우리는 겨우 두 개의 눈을 가지고 있지만 깨어만 있으면 공작의 꼬리 깃털 장식품이 되어버린 아르고스의 수많은 눈보다 훨씬 많은 것들을 볼 수 있다. 느낄 수 있다. 우리의 시선 그 너머에 있는 것까지……

중요한 것은 마음의 눈!

중요한 것은 눈이 아닌 가슴

—

새색시 같은 돌

한 장의 사진을 만들어가는 과정은 사람 혹은 사물에 대한 관찰력과
이해력, 상상력의 총체적 관계성을 보여준다. 그래서 사진을 찍기 전
'바라보기'는 중요한 태도이다. 있는 그대로 본다는 것, 바라보며 그 존
재를 느낀다는 것, 쉽지 않다. 사물의 사냥꾼이 되어 빛, 질감, 공간, 형
태, 디테일을 채집하는 데 몰입하는 일. 그것이 '바라보기'의 시작이다.
나는 끊임없이 친구들에게 '바라보기'를 강조한다. 각자 스스로 한
가지 사물을 정해서 한 시간 동안 찍기. 어떤 친구는 '공'을 찍기도 하
고, 어떤 친구는 '돌'을, 또 어떤 친구는 '낙엽'을 찍는다. 한 가지 사물
에 몰입하다 보면 생각지 못한 이미지들과 만나게 된다.
친구들이 한 가지 사물을 찍는 과정을 가만히 들여다보았다. 사물에
말을 걸기 시작한다. 사물에 데코레이션을 하기 시작한다.
사물을 자신의 리듬대로, 운율대로 표현한다는 것. 하나의 악보를 만

들어가는 과정과 비슷하다.

그런 과정을 잘 보여준 지영이의 사진이 참 흥미롭다. 지영이는 운동장 구석에 있는 돌 하나를 발견했다. 한참을 바라보다가 찍기 시작했다. 그런 지영이를 나도 한참을 바라보았다.

지영이가 발견한 돌은 표정이 오종종해서 참 귀엽다. 지영이 표현대로 '새색시' 같다. 한참을 '돌' 사진을 찍더니 운동장에 떨어져 있는 낙엽을 주어서 돌 위에 얹는다. 초록 나뭇잎을 얹어서 찍어보기도 한다. 수줍음을 잘 타고 말이 별로 없는 지영이가 오늘따라 수다를 떤다.

돌하고 말을 하는 건지, 나를 보고 말을 하는 건지 어쨌든 그런 지영이의 수다가 통통거리며 뛰어다닌다. 예쁘다.

지영이는 오늘 돌을 통해 악보를 만들고 연주를 했다. 완벽한 음악이다. 찍어놓고 스스로 감탄한다.

"샘! 이 돌 정말 잘 발견한 것 같죠?"

지영이의 오늘 '바라보기'는 성공인 듯하다.

—

# 빛을 더듬다

사진 '포토그래피Photography'라는 말은 '빛그림'을 의미하는 그리스어에서 유래했다. 빛은 사진에서 가장 중요한 요소 중 하나.

우리는 사진을 배우며 이론으로서의 빛을 먼저 배운다.

빛은 항상 변한다. 하루에도 빛은 매 순간마다 변하고, 온도와 습도, 날씨와 계절에 따라서도 변한다. 해를 동반한 빛, 바람을 동반한 빛, 비를 동반한 빛, 구름을 동반한 빛……. 누구와 함께 있느냐에 따라 빛의 색깔은 확연히 달라진다.

프랑스 화가 모네의 연작 루앙성당은 한 곳에서 계절이 지나감에 따라 시간이 흐름에 따라 빛으로 인해 성당의 느낌이 얼마나 달라 보이는지, 색체가 변하는 인상파의 특징을 잘 보여주는 작품이다. 색체가 변하는 것은 빛 때문이다.

'빛을 감각으로 익혀보면 어떨까?'

빛을 수식하는 형용사는 대개 촉감으로 연결된다. 부드럽다, 강하다, 밋밋하다, 딱딱하다, 거칠다, 따갑다, 따뜻하다, 눈부시다 등으로 표현한다. 그럼 이렇게 표현한 빛을 사진으로 찍어보자.

빛을 더듬다 ⓒ 윤희망

이론이 아닌 감각으로 맞닥뜨린 빛의 세계가 훨씬 더
풍부하지 않은가?

빛의 세계는 오묘하다. 빛은 배우는 게 아니라 몸으로 체득하고 느끼
는 것이다. 빛은 이론이 아니라 감각의 세계다. 시각으로부터 출발하
여 온 감각이 다 살아나는 경험. 청각, 촉각, 후각, 미각이 각각 분절된
감각이 아니라 하나로 연결된 감각임을 사진을 하면서 알았다. 입체
적 시각은 공감각적 경험으로 이어지고, 그 경험이 많을수록 카메라
렌즈를 통해 들여다보는 일이 매력적일 수밖에 없는 이유다.

친구들이 감각을 쓸 수 있도록 해주는 일. 그래서 건강하게 발산 하게
끔 해주는 일. 빛을 바라다보면서 천천히 느끼도록 해주는 일. 빛의
세기와 농도에 따라 느낌이 어떻게 다른지 말하고 쓰게 하는 일. 그
느낌이 어떤 이미지와 연결되는지 연상하게 하는 일. 사진이 우리의
감각을 건강하게 발산하게 하는 데 가장 좋은 도구인 이유이다.

어디로 갈까? ©김소망

---

# 어떻게 마음이 매일 똑같을 수 있어요?

또다시 3월. 새 학기 시작이다. 어떤 친구들이 왔을까? 재잘재잘, 웅성 웅성, 꺄르륵, 여학생 특유의 웃음과 재잘거림이 봄날의 햇살과 함께 답답한 공간을 사정없이 깨뜨리고 있었다.

이번에 수업을 듣는 친구들의 평균 나이는 19세. 작년보다 서너살 많은 청춘들이다. 다들 밝은 표정이지만 마음 한구석에 자리하고 있을 돌덩이는 또 얼마나 무거울까? 이젠 굳이 말을 하지 않아도 눈빛만으로도 그들의 아픔이 느껴지기 시작한다.

첫 시간. '나'에 대한 이미지를 생각해보게 했다. 이 작업은 1년동안 사진수업을 하는 데 있어 가장 중요한 과정이기도 하다. 자신을 탐색하고, 소개하는 경험을 통해 그동안 생각하지 못했던 자신의 이미지를 생각해보고, 찬찬히 자신의 내면을 들여다보는 시간이다.

나눠준 설문지를 받아든 친구들이 진지하게 쓰기 시작한다. 빨리 쓰라고 절대 재촉하지 않는다. 스스로 자신을 마음의 거울에 비춰보면서 말을 걸도록 하는 일. 친구들의 자아존중감 정도와 심리상태를 파악할 수 있다. 때문에 나에게도 1년 동안 이 친구들과 수업을 어떻게 진행해야 할지 계획을 세울 수 있는 좋은 자료가 된다.

'세 가지 눈'에 대한 설명을 했다.

신체에 있는 눈, 마음의 눈, 카메라의 눈.

"우리 신체에 있는 눈은 두 개이지만 마음의 눈은 100개가 될 수도, 1000개가 될 수도 있어. 그 마음의 눈과 카메라의 눈이 만났을 때 우리가 바라보았던 사물이 100가지 모습으로 혹은 1000가지 모습으로 보이기 시작해. 마법이 시작되는 거지. 너희들 눈이 너희들 마음을 어떻게 펼치느냐에 따라 달라지는 거야."

처음 만나 나눈 이야기치고는 좀 어려울 법도 한데 나름대로 잘 정리해서 알아듣는 듯했다.

운동장에 나갔다. 삼삼오오 짝을 이루어 찍기 시작 하더니 각자 흩어져 몰입해서 찍기 시작했다. 그중 유독 보라 사진이 눈에 들어왔다.

"같은 보라의 마음인데 왜 이렇게 느낌이 다르게 찍었니?"

보라의 쿨한 대답.

"어떻게 마음이 매일 똑같을 수 있어요?"

복잡하다가도 단순해지고, 순하다가도 난폭해지고, 웃다가도 울고,

우리 안에는 수없이 많은 또 다른 우리가 살고 있다는 것을 보라는 잘 알고 있는 듯했다.

마음은 잠시도 쉬지 않는다. 늘 어딘가를 향해 달리고 있다. 인생에서 가장 불안정하고, 불규칙하고, 하루에도 마음이 천리 길을 따라 오고 가는 청춘들에게 마음잡기란 하늘의 별따기보다 더 힘든 일이 아닐 수 없다. 가정이 안정되고 주변 환경이 지극히 평범한 아이의 마음과 가정이 불안정하고 주변 환경이 어지러운 아이의 마음은 어쩌면 시작부터 다를지 모른다. 그건 너무 불공평한 게임이다.

마음을 들여다보고 마음과 대화하는 법을 배워가는 것.
그래야 겨우 시작이나 해볼 수 있지 않을까?

내 마음은 복잡해ⓒ보라

내 마음은 따뜻해 ⓒ보라

—

# 우리는 모두 예술가

우리는 사진을 배울 때 이론을 먼저 배운다. 카메라라는 기계를 다룰 줄 알아야 사진을 찍을 수 있기 때문이다. 기계를 다루려면 매뉴얼을 익혀야 하고 좋은 작품은 카메라를 잘 다루는 테크닉이 밑바탕이 되어야 한다는 생각은 맞다. 하지만 그것이 전부라고 생각하는 순간, 우리는 그 생각에 갇혀버리는 오류를 범하게 된다.

노출, 조리개, 셔터속도, ISO값 등 잘 된 사진의 기본 세팅을 마치 수학 문제 풀듯 주도면밀하게 계산한다. 심지어 풍경사진도 수학공식 대입하듯 정해진 공식대로만 찍으려 한다. 일몰, 일출, 제주도의 유채꽃이 있는 바다, 설악산의 단풍, 한라산의 눈……

정말 지겨운 풍경들이다. 풍경이 언제부터 우리에게 지겨워졌는가?

사진 속의 풍경은 자신이 느끼는 감각의 풍경이 아닌 세팅이 잘 된 흐트러짐 없는 이론의 풍경으로 와 닿았다.

몸으로 체득하는 느낌은 습관이 배어 있지 않으면 무뎌지기 마련이다. 감수성은 그냥 어느 날 갑자기 생기는 것이 아니다.

쓰고, 읽고, 느끼고, 보고, 오감을 자극하는 모든 행위를 게을리하지 않을 때에만 그 예민한 촉수가 반짝거리며 내 눈 안에 들어오는 모든 사물의 변화를 포착할 수 있는 것이다. 그래서 이론보다 감각의 세계에 가닿을 때 정말 좋은 사진을 만들 수 있다. 친구들에게 내가 글을 쓰게 하는 이유이다.

감각작용을 하는 눈은 보는 행위를 통해 앎으로 이어지고 그 앎이 대상을 개념화한다. 개념화하는 순간 모든 이미지는 족쇄에 걸려 더 이상 상상할 수 없게 된다.

> 천 개의 눈이 달려도 상상하는 한 개의 눈이 없으면 공작의 꼬리깃털에 달린 장식품만도 못하게 된다.

글을 통해 상상하게 만드는 일. 그 일이 중요하다. 표현하고자 하는 것을 글로 풀게 하고, 글로 푼 것을 이미지로 채집하는 것. 또는 이미지로 채집한 것을 글로 풀게 하는 것. 분명 사진은 시각을 다루는 매체임에도 문학이며 음악이고 시다.

친구들의 사진을 펼쳐놓고는 상상하는 힘이 있기 때문에 그 좁은 공간 안에서 끊임없이 이미지를 만들어내는 것은 아닌가라는 생각을 해봤다. 이미 그들은 시인이자 음악가이며 자신을 표현해낼 줄 아는

외로움 © 솔이

예술가이다. 예술가는 대단한 사람들이 아니다.

누구나 다 예술가다.

예술은 삶의 한 과정일 뿐이다. 슬픔, 기쁨, 상처, 고뇌, 번민, 고통의 경험을 표현하면서 스스로 치유해가는 과정이 예술이다.

밤새워 푼 수학문제, 반짝반짝하게 닦은 그릇, 책상 정리……. 희열을 느낄 수 있는 일상 속 이 모든 일이 예술인 것이다. 그러면서 스스로 뿌듯해지고 기쁨으로 가득 차는 경험, 그 경험으로써의 예술만이 나를 변화시킬 수 있다.

이곳 친구들은 사진으로 그 경험으로써의 예술을 하고 있을 뿐이다.

사진은 이미 친구들에게 스스로 뿌듯해지는 경험을 하게 해주었다.

사진은 이미 친구들에게 기쁨을 선물해주었다.

그래서 한 발 더 나아갈 수 있고, 세상과 소통하는 데 자신감이 생길 수 있는 힘. 그 힘을 사진을 통해 얻을 수 있다면 이미 사진은 맡은 바 소임을 다 한 셈이다.

내 마음이 보이나요?

하얀 깃털의 여행 ⓒ 혜원

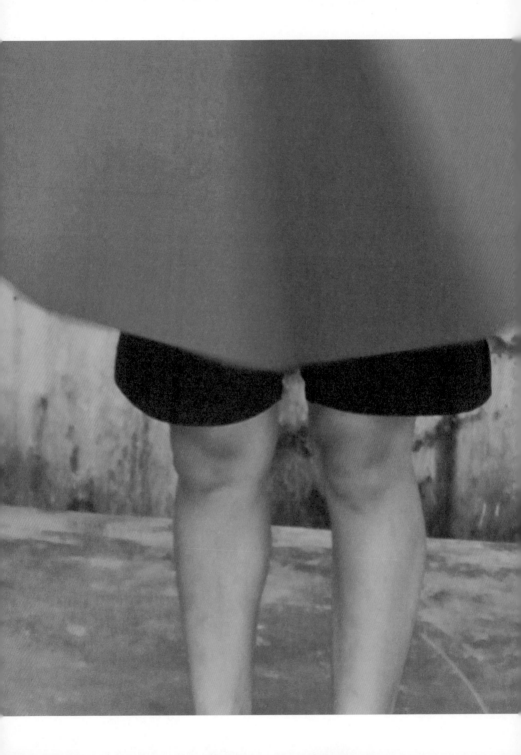

드
러
내
기

세상을 향한
소통의 시작

우리는
서로의 가슴을
드러내는 일에
서툴다

드
러
내
기

나를 드러내는 일,

나의 상처를 드러내는 일,

나를 표현 하는 일,

다 어렵고 힘든 일이다.

나이가 들수록 우리는 마음속 깊은 곳에 상처를 숨겨놓고 좀체 꺼내
놓지 않는다. 그 상처로 인해 또 다른 상처를 받을까 꼭꼭 숨겨둔다.
그러면 그럴수록 상처의 골은 깊어진다. 어떻게든 끄집어내어 어루만
져주고, 다독여줘야 한다.

이 친구들의 살아온 이야기를 들으면 무슨 인생 스토리들이 그렇게
절절한지 듣는 순간 마음이 저민 적이 한두 번이 아니다.

고작해야 인생 나이테 17년 정도밖에 되지 않을 텐데…….

타인을 이해한다고 말하기는 쉽다. 머리로 하면 되니까. 그러나 타인
과 공감하기는 어렵다. 공감은 가슴을 내어줘야 가능한 일이다. 이해

는 머리로 한다. 사람들은 이해한다고 해놓고 종종 이해를 오해로 변질시키곤 한다.

한 사람과 가슴으로 공감하는 것은 그 사람 개인의 삶의 역사에서 바라다봤을 때 가능하다. 그 사람이 살아온 삶의 시간, 공간, 관심사, 가족력, 관계들……. 이를 자세히 들여다보면 타인에 대해 함부로 말하거나 평가 내리기가 어려워진다.

우리는 너무 쉽게 타인을 판단하고 평가한다.

타인과 공감했을 때 드러냄이 가능하다. 소통은 서로의 드러냄을 통한 커뮤니케이션이다. 과연 우리는 상대방이 마음을 드러낼 수 있도록 얼마나 노력할까?

드러낸다는 행위는 "나를 좀 바라봐줘. 나를 좀 위로해줘."라는 말의 또 다른 표현이다.

사람마다 각자 자신만의 소통법이 있다.

우리는 이 어린 친구들에게 다양한 소통의 방법을 알려줘야 한다. 이 친구들은 사진을 가지고 세상을 향한 소통을 시작했다.

그들의 '드러냄'에 대한 이야기를 사진과 글쓰기를 통해서 본다.

아이들의 작업은 참 대단하다. 처음에는 어색해하고 쑥스러워 하지만 자신과의 소통을 시작하면 금세 드러내는 일도 자연스러워진다. 그러면서 점차 사진을 통해 자신을 표현하기도 하고, 표현하면서 스스로 자신의 상처를 위로해가는 것. 그것이 드러냄의 과정이다.

우리는 서로의 가슴을 드러내는 일에 서툴다.
아마도 드러냄에 대한 두려움 때문일지 모른다.
하지만 드러내는 순간 서로의 가슴이 열린다.

가슴속에 꽃이 피기 시작한다. 어떤 매체를 통해서든, 그것이 미술이든, 사진이든, 음악이든, 문학이든 상관없이 드러냄에 대한 훈련을 할 수 있다. 그리고 드러냄에 대한 훈련을 받은 친구일수록 자신을 표현하는 일에 당당하고 타인에게 자신을 더 잘 드러낸다. 자기를 표현하는 것은 훈련이 되어야 가능하다. 그래야 마음속에 있던 상처 덩어리들이 조각나면서 조금씩 더 작아질 수 있다.

—

## 너에게로 가서 꽃이 되었다

'쎌카 찍자!' 시간. 한 장은 자신의 실제 모습, 또 한 장은 자신의 스토리가 묻어나는 이미지를 찍는 수업이다. 제법 보이는 것을 찍을 줄 알게 된 아이들이 이번에는 보이지 않는 것을 형상화하여 표현하는 것. 쉽지 않은 과제다. 그만큼 기대도 되었다.

초롱이의 사진이 눈에 들어온다.

오른쪽 사진 한가운데 어떤 흔적이 있다.

"이게 뭐야?"

"벽에 껌이 붙어 있던 자리예요. 흔적이 제 마음속 상처 같아 보여서 찍었어요."

초롱이는 사진으로 자신의 이야기를 표현하는 방법을 찾아가고 있었다.

내 기억 속 초롱이는 굉장히 애틋한 아이다. 수업이 끝나면 "선생님" 하며 살며시 다가와 쪽지를 건네주곤 했다. 늘 환한 웃음이 예쁜 아이. 아빠 얘기를 하면서 행복해하는 감성이 풍부한 아이다. 초롱이는 빨리 나가서 학교로 돌아가고 싶어했고, 사진작가가 되고 싶어했다.

이곳에는 초롱이처럼 애틋한 친구들이 많다. "밥 많이 먹어."라는 말에 금방 눈물이 맺힌다. 그러다가도 금세 까르르 웃는다.

그들의 감성은 극과 극을 달린다.

아이들을 만나러 올 때마다 드는 생각은 내가 할 수 있는 건 교육보다 사랑을 나누는 일, 같이 공감하고 소통하는 일이라는 것이다.

'내가 그들에게 꽃이 되어준다면,

그들도 세상에 더 멋진 꽃이 되겠지.'

서로가 서로에게 꽃이 되고 싶어하는 마음.

그 마음을 사진이 맺어줬다.

사진 가운데 껌이 붙었던 자리가 보인다. © 구초롱

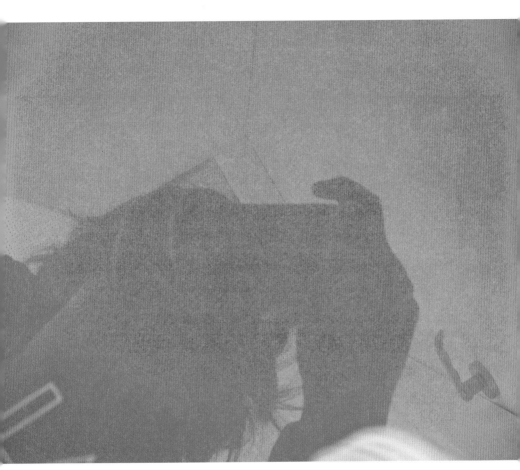

초롱이의 자화상 © 구초롱

—

# 오후 2시, 그녀의 꽃

가을이는 참 독특한 친구였다. 그래서 기억이 선명하다. 가을이는 유독 사진을 찍기 싫어했다. 수업에도 관심이 없었다. 그런 가을이에게 난 싫은 내색 한 번 하지 않았다. 그저 다른 친구들이 사진을 찍는 동안 혼자 저만치 있는 가을이 옆에 가서 조용히 같이 있어주었다.

가을이가 걸으면 나도 따라 걸었다. 가을이가 앉으면 나도 따라 앉았다. 가을이가 웃으면 나도 따라 웃었다. 그렇게 침묵, 또 침묵……. 1주일, 2주일, 3주일……. 한 달이 지나서야 한마디.

"샘! 저도 할 수 있을까요?"

"할 수 없는 건 없어. 용기가 없을 뿐이지. 한번 해볼래? 내가 도와줄게."

"근데 샘! 저는 운동선수였어요. 전 공부도 잘했었어요."

갑자기 옹알이하던 아기가 말문이 터진 것처럼 자기 얘기를 주저리주저리 쏟아내기 시작했다. 눈에 눈물이 그렁그렁해졌다.

그런 가을이를 아무 말 하지 않고 안아주었다. 가을이가 울었다.
그렇게 한참 동안 조용히 등을 쓸어주었다. 그리고 그 다음 사진 수
업. 누구보다도 열심히 찍기 시작했다.

가을이가 바라본 오후 2시의 꽃, 아마 자신의 마음에 꽃의 변화를 투
영한 듯하다.

　　사진은 소통이다.
　　마음과 마음을 이어주는 다리이다.

이 친구들에게 내가 무엇을 가르치겠는가? 난 단지 친구들 마음결을
빗어주는 마음의 머리빗 역할을 할 뿐이다. 사진은 마음의 결을 따라
결과물이 나온다.
그래서 마음은 숨어있는 또 하나의 눈이다.

ⓒ김가을

—

# 눈과 마음의 프레임

"사진 참 좋다." 이 사진을 본 사람들의 첫 마디다. 왜 그렇게 느끼는
걸까? 첫째, 힘이 느껴진다. 둘째, 공간 구성이 뛰어나다.

셋째, 프레이밍을 잘했다.

이 사진의 힘은 프레임에서 나온다. 사진의 테두리, 즉 프레임은 사진
에 '숨'을 불어넣는 동시에 사진의 '힘'을 느끼게 해주는 중요한 요소다.
좋은 사진은 결국 프레임을 어떻게 자르느냐에 따라 판가름 난다.
대부분의 사진이론서에는 찍는 사람의 철저한 계산과 의도에 의해
프레임이 결정된다고 나와 있다. 또, 프레임을 이해하지 못하면 사진
의 발전이 느리고 더디다고 한다.

하지만 난 이 친구들에게 프레이밍에 대해 가르쳐준 적이 없다.
그렇다면 이렇게 좋은 프레이밍은 도대체 어디서 튀어나온 걸까?

©박봄

프레임은 찍는 사람의 내면에 잠재된 본능이 무의식중에 튀어나와 순간적으로 셔터를 누름으로써 결정된다. 킬러의 본능과 같다. 킬러는 적을 보면 본능적으로 어디를 겨누어야 할지 이론보다 감각이 먼저 한 발 앞선다. 그러면서도 정확하다. 한 치의 오차도 없다.

물론 이론서에 쓰인 프레임에 대한 개념이 맞을 수도 있지만, 이 친구들은 종종 내가 배운 이론을 보기 좋게 뭉개버리고 만다. 어쩌면 나에게 진짜 선생님은 이 친구들일지도 모른다. 가르치러 갔다가 되레 내가 배우고 온다. 그동안 사진수업에서 수없이 배웠던 구도, 구성, 노출, 초점…… 지극히 상식적이라고 생각했던 것들을 무의미하게 만든다. 사진을 기술로 먼저 습득했다는 생각을 지울 수가 없다.

감동적인 사진은 초점이 잘 맞고, 노출이 완벽하고, 색온도가 완벽한 사진이 아니다. 초점이 잘 안 맞아도, 노출이 완벽하지 않아도, 색온도가 차이가 나도 작가의 감수성과 스토리를 읽어낼 수 있다면 그 사진이야말로 감동적인 사진이다.

사람마다 감수성과 스토리가 다를 수밖에 없다. 살아온 시간과 환경이 다르므로…… 여전히 인터넷에 오르는 잘 찍었다는 사진 아래쪽 캡션을 보면 조리개 F8, 셔터 속도 1/100, 촬영모드A, ISO200…….카메라가 무슨 자동판매기도 아니고, 사진이 틀에 구워 나오는 붕어빵도 아닌데 우리는 늘상 정해진 모범답안을 찾듯 모범사진을 찾아 찍어대기 바쁘다.

'내 멋대로 찍기'

**어쩌면 그게 사진을 잘 찍는 비결일지도 모른다.**

세상의 모든 사진은 결국 눈과 마음의 프레임이다.
그 눈과 마음이 자유로울 때 사진은 날개를 단다.

—

# 오감 느끼기 그리고 찍기

시각, 청각, 촉각, 후각, 미각을 찍어보자고 했다. 가능할까? 선생님의 요구를 이해는 하고 있을까? 이번 작업은 나에게도 그렇고 이 친구들에게도 낯선 작업이다.

소라는 속도를 찍겠다고 했다. '빠름'의 느낌을 어떻게 표현할까? 빠름, 속도의 이미지, 그걸 어떻게 찍어낼까? 무척 궁금했다.

사진을 이론적으로 배우면 셔터스피드를 이용해서 그 느낌을 찍을 수 있지만 난 처음부터 이론보다는 이 친구들의 감각을 사용해서 사진을 만드는 방법에 수업의 초점을 맞췄다. 때문에 그들이 감각을 어떻게 사용해서 사진을 만드는지 그 과정이 정말 궁금했다.

"소라야! 어떻게 찍었니?"

"막 뛰었어요. 뛰면서 렌즈도 보지 않고 찍었는데 괜찮네요.

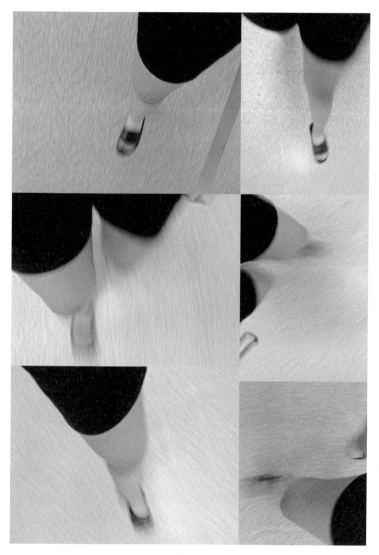

몸을 움직여 뛰면서 속도를 찍었다 © 김소라

내가 원하던 바였다. 그제서야 나는 셔터스피드를 이용하여 속도를 표현하는 방법을 가르쳐주었다. 다시 셔터스피드를 이용해서 찍어봤다. 결과는 별반 다를 게 없다. 하지만 소라는 자신이 직접 몸으로 움직이면서 표현하는 느낌이 더 좋다고 한다.

이번 학기 과제는 렌즈와 눈을 합체하지 말고 해체해서 찍어보기. 카메라를 눈으로 보지 않고 손으로 들고 다니다가 직감적으로 '툭' 하는 느낌이 오는 순간, 그 순간을 찍어보는 것이다.

감각을 키우는 데는 순간을 예민하게 느끼는 연습이 중요하다.

이제 친구들 사진이 훨씬 더 재미있어지고, 그들의 감각적인 요소들이 눈에 읽히기 시작했다.

눈으로 보는 것이 전부가 아니라는 것을 몸으로 느끼게 해주고 싶다.

상처 찍기, 오감 찍기, 흔적 찍기. 이번 학기 대부분의 커리큘럼이 심리 상태를 사진으로 표현하는 작업에 중점을 두고 있다. 이런 작업들이 친구들에게 살아있는 날것의 감각을 느끼게 해주는 것만은 분명해 보인다. 가장 찬란하고 생생하게 살아있어야 될 아이들. 이 친구들의 본능을 카메라를 통해 거리낌 없이 드러내 보이는 순간, 그들은 스스로 또 하나의 별빛이 된다

매직 Magic

전시회를 한 번 하고 나면 몸살이 난다. 항상 그랬다. 벌써 네 번째 전시면 그만 담담해지기도 하련만 거의 두 달 정도는 꼬박 전시 준비에 온 신경을 다 써야 한다. 전시장 세팅을 하고 오프닝까지 다 치르고 나서야 비로소 안심이 되면서, 그제야 내 몸에 흐르던 기분 나쁘게 팽팽하고 터져버릴 듯한 전류가 순식간에 작동을 멈춘다. 기진맥진한 채로 그냥 쓰러진다. 그리고 긴 꿈을 꾼다. 되풀이되는 패턴이다.

바닷가를 마음껏 뛰어다니는 친구들, 혹은 하늘을 훨훨 나는 친구들……. 꿈속에서 친구들의 표정은 항상 행복하다. 웃고, 떠들고, 노래를 한다. 꿈의 이미지는 몽롱하고 환상적이다. 꼭 희정이의 사진과 닮아 있다.

올 봄에(2011년) 희정이가 찍은 사진은 초현실주의 사진처럼 환상적이다. 제리 율스만의 사진이 갑자기 떠올랐다. 율스만의 사진은 가끔

꾸는 내 꿈과 닮아있다.

논리와는 거리가 멀고, 현실과는 동떨어져 있는 꿈처럼 무수한 상징
과 의미를 고구마줄기처럼 주렁주렁 매달고 있다. 상상하게 하는 힘
이 있다.

하늘을 향해 무언가 기운을 뿜더니 갑자기 꽃이 확 피었다. 마치 마법
사가 하얀 손수건에서 비둘기를 띄울 때의 환상과도 같은 느낌이다.

구름의 이미지가 어쩌면 저리도 몽환적인가?

유쾌하고, 의미 있는 경험의 시간을 기꺼이 선사하는 사진이다.

사진을 찍는다는 것, 그들에게는 어떤 의미일까?

아마 찬란한 봄날, 손톱만한 벚꽃 잎들이 날날이 바람에 날려 꽃보라
가 한없이 일렁이는 순간 눈앞이 몽롱해졌을 때의 그 달콤함.

그런 순간의 마법과도 같은 시간이 아닐까?

태양을 손 안에 담는다 ⓒ 윤희정

꽃이 되었다 ⓒ 윤희정

—

## 행복한 도마뱀


미순이는 다른 친구들에 비해 몸이 크다. 행동도 굼뜨고 느렸다.
말도 별로 없고 남의 눈치도 보는 듯했다. 어떤 때는 답답하기까지 했
다. 그래서 난 이 친구가 감각까지 둔한 줄 알았다. 하지만 제주도 사
진여행에서 나를 가장 많이 놀라게 했던 사람은 다름 아닌 미순이었
다. 사진에세이를 가장 짜임새 있게 만들었고, 글도 솔직해서 좋았다.
사진 한 장 한 장마다 자신의 감정을 세밀하게 표현한 것을 보고는 적
잖이 놀랐다.

누가 강요한 것도, 누가 쓰라고 한 것도 아닌데 자신의 아픔과 상처를
고스란히 밖에다 내어놓았다. 마치 아픈 내장을 밖에 꺼내놓듯이 그
렇게 힘들게 자신의 아픔을 꺼내놓았다

자신의 상처를 말하기는 쉽지 않다.

‘상대방이 어떻게 생각할까?’에서부터 ‘내가 상처받지 않을까?’
같은 수많은 생각에 결국 주저주저하다 그만두는 경험은 누구에게
나 있을 것이다.

우리는 자신의 상처를 누군가에게 꺼내 보이기 위해 수없이 많은 계
산과 생각을 한다. 타인으로부터 상처받은 경험이 있는 사람일수록
남에게 드러내기가 더욱 어렵다. 드러내는 일은 그래서 힘들다.

사진은 이 친구들이 드러내기 위한 매개물로 아주 적절한 도구이다.
이 친구들에게는 사진을 잘 찍는 게 중요한 게 아니라 자신의 마음을
잘 드러내는 일이 우선이다.

어떤 작가가 나에게 “왜 아이들에게 사진을 이런 식으로 가르치세
요?” 하고 물었다. ‘이런 식’이란 말은 왜 이론을 무시하고 사진을 찍
게 하느냐는 뜻일 게다. 이론은 필요하지만 중요하지 않다는 게 나의
생각이다. 왜냐하면 필요하면 그때 배우면 되는 거니까. 클릭만 하면
사진에 관심이 많은 블로거들이 쓴 사진이론 강좌를 볼 수 있다. 꼭 필
요하다면 배우면 된다. 그때 배워도 늦지 않다.

자신의 마음을 드러내는 일은 배워서 되는 게 아니다

자신의 상처를 꺼내놓는 일은 누가 시켜서 되는 성질의 것이 아니다.
감정이란 자꾸 드러내놓고 글을 쓰는 행위든, 찍는 행위든, 연주하는
행위든 그 어떤 행위를 통해서든 건강하게 소모하는 것이다.

그 좁은 공간에서 자신의 감정을 사진으로 표현하는 작업 없이 미순이를 자연으로 데리고 나갔을 때, 과연 미순이는 땅위에 세밀하게 퍼져있는 들풀들을 볼 수 있었을까? 그 풀들을 보면서 행복한 도마뱀이란 이미지를 생각할 수 있었을까? 사진을 찍기 시작하면 사람들에게는 마음이 두 개 생긴다. 하나는 원래 있었던 심장 안에, 또 하나는 눈 안에…….

세포들이 놀라서 튀어나온 게 눈이라고 한다. 우리가 보는 눈은 그래서 놀라운 세포덩어리이다.

미순이가 발견한 '행복한 도마뱀' 놀랍지 않은가?
그 발견이, 그 감성이!

자신이 처한 현실을 '있는 그대로' '날것 그대로' 직시하게끔 해주는 것. 내 발바닥이 있는 '지금, 여기'를 보게끔 해주는 것. 그래서 '지금, 여기'에서부터 또 다른 꿈을 희망하게끔 해주는 것. 그것이 사진으로부터 시작되었으면 좋겠다. 그랬으면 참, 좋겠다.

바닥에 핀 들풀에서 미순이는 도마뱀을 보았다. ⓒ 김미순

—

## 나가는 곳 Exit

혜숙이는 눈에 금방 띄는 친구였다. 목소리 톤이 다른 친구들보다 한 옥타브 높았고, 얼굴이 하얗고 예쁘장하게 생겨서 한눈에 쏘옥 들어오는 친구였다. 감각도 뛰어나고 감수성도 예민하다.

보기만 해도 '통통' 튀는 소리가 들리는 10대의 발랄함이 살아 숨쉰다. 그런 혜숙이는 가끔 나를 곤혹스럽게 만들곤 했다.

"오늘은 오감을 사용해서 사진을 찍어보자."

"샘! 왜 그렇게 찍어야 하죠?"

"헐……."

"혜숙이 사진 참 좋다."

"왜요? 어디가 좋아요?"

"헐……."

할 말을 잃어버리게 만든다. 늘 이런 식이다. 왜요? 왜 그런데요? 왜
해야 해요? 매사가 삐딱하다. 하지만 너무나 사랑스런 친구다. 나도
처음에는 곤혹스럽더니 이제는 수가 생겨 같이 삐딱해진다.

"오늘은 오감을 사용해서 사진을 찍어보자."
"샘! 왜 그렇게 찍어야 하죠?"
"그럼 네가 찍고 싶은 대로 찍어봐."
"혜숙이 사진 참 좋다."
"왜요? 어디가 좋아요?"
"그래, 자세히 보니까 별로 안 좋구나."

내가 삐딱하게 나오니 되레 말을 듣는다. 명랑하고 삐딱한 혜숙이는
제주도에 가서 가장 많은 사진을 찍었다.
친구들이 찍은 사진은 머릿속에 기억되는 게 아니라 가슴속에 화석
처럼 새겨진다. 내 가슴속에 선명하게 새겨놓은 혜숙이의 사진 중 보
기만 해도 마음이 짠해오는 사진이 있다.

'나가는 곳'

넓은 들판을 향해 있는 '나가는 곳'이란 표지판을 찍었다. 우연히 얻
은 사진일까?

지금 딱 혜숙이의 마음 그대로를 담아낸 사진이다.

혜숙이의 마음속 출구를 그대로 보여준 사진이라서
마음이 아려왔다.
다른 친구들은 풍경사진을 찍기에도 바쁜데 '나가는 곳'
표지판에 눈길이 갔던 혜숙이의 마음이 환히 보인다.
이 친구들의 사진, 잘 정돈되어 있지는 않다.
하지만 자꾸 자신의 마음과 닮은 사진을 찍고 생각하는 동안
조금씩 달라지는 또다른 자신과 만나게 될 것이다.
나도 그러했으므로…….

출구 ⓒ 원혜숙

# 나도 주인공이 되고 싶어

친구들이 쓴 사진 일기장을 2주일에 한 번씩 집으로 가지고 온다. 집에 와서 차분히 앉아 그들이 쓴 일기장을 한 장씩 넘겨보는 일은 내게 자신을 돌아보게 하는 시간을 기꺼이 만들어준다.

글씨에 아이들 마음이 담겨있다. 마음으로 꾹꾹 눌러쓴 흔적이 보인다. 어딘가에다 자신의 이야기를 털어놓고 싶었겠지. 누군가에게 자신의 이야기를 하고 싶었겠지. 그들이 쓴 글 밑에 나도 마음으로 쓴 글을 보탠다. 어떤 친구에게는 위로의 글을, 어떤 친구에게는 칭찬의 글을, 어떤 친구에게는 충고의 글을…….

금이의 일기가 몇 일째 마음 문을 서성거린다. 솔직히 말하자면 금이가 느끼고 있는 아픔과 그리움이 어떤 무늬와 질감을 드리우고 있는지 나는 잘 모른다.

엄마가 세 살 때 집을 나가, 엄마 없이 컸다는 아픔은, 그 그리움은 내

가 경험한 일이 아니어서 그저 '아플거야. 그리울거야.'라는 막연한 공
감 외에는 내가 금이에게 해줄 것이 아무것도 없다.

나는 내가 하는 그 위로마저 진심으로 공감해서 하는 건지, 아니면
으레 어른들이 하는 입에 발린 위로를 하는 건지, 가끔 스스로를 경
계한다.

금이 엄마는 세 살 때 집을 나가 지금껏 소식이 없다고 한다. 혼자 포
기하고, 절망하고, 울어도 위로해줄 누군가가 없다. 그래서 금이는 혼
자 스스로 위로하고 다독인다. 그 어린 것이 혼자라는 사실에 마음속
물결이 일렁거리면서 애잔해진다. 내가 해줄 수 있는 일이 무엇인가?
참 무기력해지는 순간이다.

'주인공이 되고 싶었는데' 금이가 쓴 사진일기이다.

'나도 예쁜 꽃으로 태어나고 싶었어.

나도 관심을 받고 싶었거든.

주인공이 되고 싶지만 나에겐 아무도 관심을 가져주지 않아.'


금이의 솔직한 마음일 거다.


금이야! 어떤 꽃으로 피어나든 네가 피우는 꽃이 이 세상 중심
이고, 이 세상에서 가장 소중하고 귀한 꽃이란다. 지금 겪고 있
는 모든 슬픔, 모든 외로움, 모든 고통, 모든 아픔 네 삶의 영

양제가 될 거야. 끝까지 긍정적인 마음으로 어떤 절벽 앞에서
도 의연해질 수 있는 마음을 기르는 것. 그 마음을 향해 한 걸
음씩 한 걸음씩 우리 같이 손잡고 가볼래?

내가 그날 그녀에게 마음을 다하여 써준 글이다. 금이가 이 글을 읽
고 힘을 냈으면 좋겠다.

" 나도 예쁜 꽃으로 태어나고 싶었어, 나도 관심을 받고 싶었거든 "
주인공이 되고싶지만 나에겐 아무도 관심을 가져 주지 않아.
힘들고 포기하고 싶지만 언젠가는 나도 쓸모있는 존재가 될거라고 믿거든
그래서 한번 살아보려고. 주인공이 될수 있겠지 .. ?

예쁘지는 않아, 화려하지도 않고 , 굳이 내가 피
어 난다해도 사람들에게 도움이 되지는 않아. 그래도 나도
언젠가는 쓸모있는 존재가 될꺼야 - 아빠 그렇겠지?
그래서 나는 이제 혼자 울지않아. 나를 필요로 하는 곳으
로 가게 해달라고 늘 기도하며 웃을려고..

금이의 일기장 ⓒ 고현주

---

느림보 마음

아이들이 한정된 공간에서 사진을 찍다보니 나름대로 여러 가지 궁리를 하게 된다.

　다양한 시도 끝에 만들어낸 프로그램은
　'시와 동화를 활용하여 찍기'

친구들이 눈을 반짝거리며 가장 좋아하는 시간. 시와 사진을 결합해서 자신만의 빛으로 그린 시를 만들어 보는 시간이다. 감수성이 예민한 시기라서 그런지 그들은 생각했던 것 이상으로 훨씬 잘 해낸다. 친구들이 좋아할 만한 시를 고르는 것도 나에게는 또 다른 재미다.

　시는 가장 함축된 언어이다.

사진은 가장 함축된 빛이다.
함축된 빛과 언어가 만나 또 다른 빛그림이 그려진다.

각자 마음에 와 닿는 시 한 편을 골라 천천히 음미하면서 읽는다. 시를 읽은 후 눈을 감고 머릿속에 떠오르는 이미지를 노트에 글이나 그림으로 그려 본다.

초롱이는 정호승 시인의 <수선화에게>란 시를 가지고 이미지를 엮는 작업을 했다. 각각 독립된 사진으로 시를 따라 이미지를 연결시키면 독특한 또 하나의 작업이 된다.

내가 친구들과 사진을 가지고 노는 방식.
그 중심에는 늘 '느림보 마음'이 있다.

디지털 시대에 어쩌면 거꾸로 가는 교육일지 모르나 난 '느림'이 가지고 있는 매력을 잘 알고 있기에 친구들에게도 느림에 대한 매력을 느끼게 해주고 싶었다.

'디지털이 고속도로라면 아날로그는 길'이라고 하신 신영복 선생님의 글이 자연스럽게 되새김질 된다. 고속도로는 속도와 효율 면에서 앞서기 때문에 선호하지만 목적지에 도달하는 수단 이외에 가치는 없다.

길은 그 자체가 인생이다. 길을 가다보면 사람도 만나고 지난 사람들의 발자국도 만나고, 길섶에 핀 들꽃도 만난다. 그래서 자기가 걷고 있는 길, 자기가 하고 있는 일, 자기의 삶 자체가 아름다운 것이 되어야 한다. 그래서 길은 힘이 있다. 선생님이 하신 말씀이다.

느림은 생각하는 힘을 만들어내고 그것은 곧 창조성과 연결된다. 느림은 분명 불편하지만 그 불편함이 주는 선물이 있다. 교육은 시키는 것이 아니라 어쩌면 천천히 스스로 깨우쳐가는 것이 진정한 교육일지 모른다. 교육의 주체는 가르치는 사람이 아니라 배우는 사람이 주체가 될 때 진정한 깨달음을 얻지 않을까.

오늘도 난 이 친구들과 느리게, 느리게 걸으면서 학교 정원에 핀 들꽃들을 오래 들여다보고, 나뭇잎들을 천천히 만지며, 운동장에 있는 작은 돌멩이들의 얼굴도 자세히 보면서 자연과 이야기 하는 법을 스스로 알아가게 하고 싶다.

© 구초롱

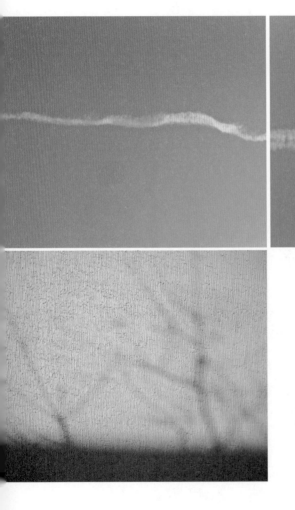

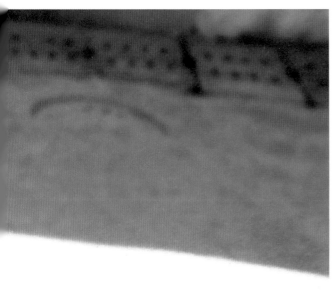

다
가
가
기
—

내가 너에게,
네가 나에게 보이는
순간

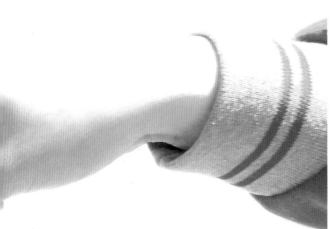

가까이
다가가야
잘 볼 수 있다

다
가
가
기

김춘수 시인의 '꽃'이란 시는 '사람이 사람에게 다가가는 법'에 대해 아주 간결하고 아름답게 노래하고 있다.

서로의 이름을 불러주었을 때 서로에게 꽃이 되는 관계, 타인 그리고 나. 타인을 천천히, 오래, 깊이 바라보고 서로 드러냄의 과정이 지나면 자연히 가까이 다가가기 마련이다. 사람과 사람 사이에 꽃이 피어나는 과정이다.

가까이 다가가야 그 사람을 내밀하게 바라볼 수 있고, 그때 바라본 사람은 이미 이전에 내가 느슨하게 알았던 타인이 아니다.

내가 네가 되고, 네가 내가 되는 순간.
우리는 마음을 활짝 열 수 있게 된다.

가을 단풍이 어느 순간 빨갛게 물드는 게 아니라, 지난 여름 뜨거운 태양을 견디며 서서히 느리게 물들 듯, 사람과 사람의 관계도 서로에게 스며들기까지 시간이 필요하다. 다가가기는 서로가 서로를 알기 위해 노력하는 과정 없이는 열매를 맺을 수 없다.

6월부터 이 친구들 면회를 신청하고 있다. 1년이 넘도록 부모가 면회를 안 오는 경우도 많다고 한다. 버려졌다는 느낌을 받는다는 한 친구의 말에 귀가 쟁쟁해온다. '다가가기' 위한 나의 노력이다.

친구들 개개인을 점점 더 잘 알고 싶었고, 이곳까지 온 이유에 대해서도 묻고 싶었다. 어떻게 자랐으며, 부모님은 뭘 하시는지, 어떤 친구들이랑 어울리는지, 좋아하는 것은 무언지, 먹고 싶은 것은 무언지, 꿈은 갖고 있는지, 어떻게 살건 지…… 묻고 싶은 것이 수십 가지도 넘는다. 수업시간에는 수업만 하느라고 물을 수도 없고 이 친구들의 사적인 부분이라 맘 놓고 물을 수도 없었다. 그저 막연히 알 뿐이었다. 더 이상 관계가 진전이 되질 않는다.

'나를 더 열어야겠구나.'

이 마음으로 생각해낸 게 면회신청이다. 3번의 면회를 하고 나서야 친구들이 나를 진심으로 좋아해주고 있다는 느낌을 받는다. 나를 기다려주고, 나의 말에 귀 기울이고, 나의 건강을 걱정해주고, 나를 지지해준다. 수업시간에 말도 너무나 잘 듣고 열심히 한다.

나도 마찬가지다. 진심으로 친구들이 행복해지길 바라고, 친구들이 남이 아니라 바로 우리 딸들이고 그 딸의 기쁨을 위해 내가 해줄 수 있는 일이 뭐가 있을까? 고민한다. 그들을 위해 기도하고, 그들을 위해 마음자리를 기꺼이 내어준다.

나는 나를 내어주고 너무나 많을 것을 받았다. 저절로 그렇게 되는 관계는 없다.

안단테, 안단테…… 서로 서로 잘 스며들어 가을 산 단풍처럼 아름다운 관계가 되고 싶다.

타인을 통해 내가 누군지 알아가는 시간 동안 내가 한 뼘 더 커지고, 내가 한 뼘 더 깊어진다.

—

# 번짐과 스밈

우리나라 한지는 참 독특한 종이다. 한국 사람의 정서와 한지가 갖고 있는 따뜻하고 은은한 물성은 참 많이 닮아있다. 닥종이의 질김과 강인함, 깊은 바다의 품속 같은 포용력을 지닌 한지는 무엇이든 잘 스며들게 하고 일단 스며들면 잘 번진다. 자신의 몸에 와 닿는 것에 대한 일체의 선입견이 없다. 무엇이든 다 자신의 품안에 기꺼이 품는다. 한지가 갖고 있는 이런 따뜻하고 건강한 정서가 부러웠다. 사람간의 관계를 생각할 때 난 항상 한지가 갖고 있는 번짐과 스밈을 떠올린다. 그런 순결한 번짐과 스밈을 꿈꾼다.

인연. 그 놀라운 시간과 공간의 스침 속에서 만나게 되는 사람과의 인연. 인연은 기다리거나 찾아가는 것이 아니라 그냥 저절로 그렇게 되는 것이라고 했다. 봄이 가면 여름이 오고, 여름이 가면 가을이 오고, 가을이 가면 겨울이 오는 것처럼 자연스런 순환이다.

수없이 많은 인연들. 이 친구들과의 인연이 나에게 또 다른 삶의 모티
브를 만들어주었다. 사람과 사람 사이의 관계는 서로에 대한 배려와
인내와 비움이 충만할 때 성장할 수 있다. 관계의 평등을 친구들을
통해 깨닫고 있고, 성장하고 있다.

나는 사진을 배우는 것보다 더 중요한 것은 따뜻한 정서를 공유하고
느끼는 것이라고 생각한다. 이 친구들에게 필요한 것은 지식이 아니
라 정서다. 사랑, 따뜻함, 배려, 정, 아낌, 나눔…… 영혼이 따뜻해야 무
엇이든 긍정적으로 받아들일 수 있다.

스며들어야 번질 수 있다. 무엇이든 스며드는 것이 먼저다.
스며들기 위해서는 마음의 문을 활짝 열어야 한다.

그래야 타인이 와서 번지는 법이다. 모든 것의 시작은 자신이다.
어쩌면 사진은 한낱 장치에 불과하다. 어떤 것이든 마찬가지다.
교육은 지식이 아니라 정서다. 따뜻한 정서가 먼저고 그 다음이 지식
이다. 선생님은 그래서 매우 중요한 위치에 있는 사람들이다. 국영수
족집게 시험문제를 가르쳐주는 사람이 능력 있는 선생이 아니라, 학
생에게 따뜻한 정서를 먼저 느끼게 해줄 수 있는 선생이 능력 있는 선
생이다.

좌뇌만 기형적으로 키우는 교육은 우리를 우울하게 만든다. 좌뇌가
발달한 친구가 있듯이 우뇌가 발달한 친구들이 있다. 그렇게 발달한

대로 인정해주고 껴안아주면 된다.

기형아만 양성하는 교육 앞에 우리가 해야 될 일은 무엇인가.

시와 음악과 사진과 문학과 그림을 사랑하게 만드는 교육.

기다림과 느림을 가르쳐주는 교육.

비움과 채움을 가르쳐주는 교육.

책으로는 도저히 이룰 수 없는 것들이다. 몸이 체화되어야만 기꺼이
받아들일 수 있는 교육이다. 지금, 다시 한 번 우리의 교육현실에 대해
진중히 고민해야 될 때다. 기형아만 양성하는 교육현실 앞에 어른들
이 아이들을 위해 해야 할 일은 무엇인가.

ⓒ김영주

—

# 용서, Let it go

오늘 주제는 좀 특별하다. '용서'

용서를 못하고 있는 사람에게, 혹은 용서를 빌고 싶은 사람에게 오늘 찍은 사진을 예쁘게 인화해서 편지랑 같이 우편으로 발송하기다.

용서에 대한 이야기를 했다.

"지금도 마음속으로 용서 못한 사람 있으면 손들어 봐".

한 친구는 끝까지 안 들다가 친구들이 하나씩, 둘씩 들기 시작하니까 눈치를 보다가 슬그머니 들었다. 전원 10명이 다 손을 들었다. 쉽지 않은 주제다.

내가 주제를 던져놓고도 혼잣말로 "용서가 그리 쉽나?" 나만 해도 지금껏 살면서 절대 용서할 수 없는 사람이 있는데……. 그렇게 오랜 시간이 흘러도 잘 되지 않는 것이 용서다.

수업이 있기 전날. 좋은 친구이자 평소에 청소년 문제에 관심이 많은

어딘가에 있을 내 엄마 © 금잔디

지인을 만나 많은 이야기를 나눌 기회가 있었다.

그날 주제는 공교롭게도 '용서'였다.

"용서를 영어로 뭐라 하는지 알아?"

"글쎄……."

"forgive?"

"루이스 콜이라는 미국 목사님이 용서는 'Let it go(가게 놔둬라)'라고 설교 중에 말씀하신 적이 있대. 마음의 끈에서 풀어주는 것, 가게 놔두는 것. 그것이 용서래."

곰곰 생각해보니 우리는 마치 자신이 타인에게 베푸는 자비인 마냥 남에게 큰 선심 쓰듯, 용서라는 단어를 쓰고 있었다. 하지만 마음속에 꽉 붙들어 매서 보내지 못하고 괴롭히는 건 용서해야 할 대상이 아니라 정작 자기 자신이다.

결국 용서란 자신을 위해서 하는 것이다.

붙들어 매고 놓지 못하고 있는 그 어떤 사람들, 어떤 것들, 다 가게 놔두자. 자신의 행복을 위해서 우리는 용서를 해야 된다.

친구들에게 이 '용서'에 대한 이야기를 해주었다. 모두 공감을 하는지 고개를 끄덕이며 열심히 듣는다.

"오늘 여러분이 찍은 사진은 예쁘게 뽑아서 편지와 함께 같이 보낼 거

야. 어떤 사진을 찍을지, 그 사람이 받으면 기뻐할 수 있는 사진을 찍어
보자."

친구들이 유난히 진지하게 열심히 찍는다.

찍은 사진을 보면서 편지 쓰기 시간을 가졌다.

놀랍게도 2명을 제외하고 모두 부모님에게 보내는 편지를 썼다.

어떤 친구는 엄마에게, 어떤 친구는 아빠에게, 어떤 친구는 남자 친
구에게 그렇게 마음속에 있는 것을 사진으로, 글로 써내려갔다.

그러면서 친구들은 마음이 시원하다고 했다.

친구들의 편지 보낼 곳 주소를 받아 적다가 금잔디가

눈물을 글썽이며 하는 말.

"샘! 저는 엄마에게 썼는데 엄마 이름도 모르고,

어디 사는지도 몰라요."

"무슨 말이니?"

"세살 때 헤어져서 이름도, 사는 데도 몰라요. 원망을 많이 했는데
오늘 수업 들으면서 엄마를 용서해야겠다고 생각했어요."

순간, 가슴이 먹먹해졌다. 내 마음도 울었고, 내 눈도 울었다.

금잔디를 꼭 안아주었다. 그것밖에 해줄 수 있는 일이 없었다.

© 이
풀
잎

—

## 즐거운 편지

이미지를 보면 자연스럽게 시詩가 떠올려지는 사진이 있다.

시인들은 글로 이미지를 상상하게 만들고, 사진가들은 이미지로 글을 읊조리게 만든다. 이 사진을 보면서 황동규 시인의 <즐거운 편지>를 떠올린다. 고등학교 학창시절, 이 시를 읊조리고 다니면서 가슴을 설레던 기억이 새롭다. 아이들 사진을 보면서 내 지난 시간과 공간들이 명징하게 되살아난다.

풀잎이가 찍은 사진은 의도된 사진이라기보다 우연히 얻은 사진이다. 사진도 흥미롭지만 시적인 느낌이 강하다. 과감한 구도. 한 줄기 빛과 편지. 넘실대는 선생님의 옷소매. 풀잎이의 사진에서 한 줄기 빛은 사람의 시선을 붙잡는다. 사진 전체가 시선을 고정시키는 힘이 있다. 자신의 심리에 사진을 접목한 흔적도 엿보인다. 그래서일까? 풀잎이의 이 작품은 보는 사람으로 하여금 더 풍부한 감정과 상상을 불러일으킨다. 풀잎이의 마음이 전해져 기분이 좋아진다.

한 장의 사진에 풀잎이는 사진과 시와 음악을 동시에 담았다. 세상 밖 또래의 친구들은 문자며 메신저로 자신의 감정을 주고받지만 이곳 친구들은 오직 편지로만 세상과 소통할 수 있다. 편지는 그들의 유일한 숨통이다. 그래서 가장 갖고 싶은 것이 편지지라고 한다.

그것도 '꽃편지지'.

움직이는 이미지보다는 사진이 기억하기 훨씬 쉽다. 사진은 시간의 흐름이 아니라 시간의 어느 한 순간을 깔끔하게 베어내어 또 다른 시간을 만드는 일이다.

풀잎이는 사진을 통해
자신만의 또 다른 시간을 만들고 있는 중이다

—

# 두드림

나는 이 친구들을 이해하고 있는 걸까?
아니면 진심으로 공감하고 있는 걸까?

가끔 나 자신에게 묻는 말이다. 여기까지 오게 된 이 친구들의 삶의
역사에는 어떤 굴곡진 사연들이 있을까?

호기심으로 친구들의 마음을 두드려본다.

삐걱, 삐걱 마음의 문은 쉽게 열리지 않는다. 아마 나와 친구들 사이
에 카메라라는 동아줄이 없었더라면 지금 이 시간까지 이러한 작업
들이 가능했을까?
우리는 서로의 가슴을 드러내는 일에 서툴다. 아마도 드러냄에 대한

두려움 때문일지 모른다. 하지만 드러내는 순간 서로의 가슴이 열린다. 가슴속에 꽃이 피고, 향기가 나기 시작하고 관계가 아름다워지기 시작하는 정점에 다다른다.

처음에는 이 친구들이 사진을 잘 찍었으면 좋겠다는 욕심이 있었다. 하지만 친구들이 가슴을 열고 내가 마음을 내밀었을 때 나는 알았다. 사진은 잘 찍는 것이 중요한 게 아니라 자신의 마음을 얼마나 잘 드러내느냐가 더 중요하다는 것을…….

이제 나는 더 이상 이 친구들이 사진을 잘 찍는 걸 원하지 않는다. 그 대신 카메라 렌즈를 통해 들어오는 빛에 자신의 마음이 잘 번졌으면 좋겠고, 그 번짐이 굳게 닫힌 세상의 문을 열게 하고, 사람들의 마음을 열게 하고, 사람들의 마음에 꽃을 피우게 했으면 좋겠다.

이 닫힌 공간 안에서 카메라를 통한 작은 몸짓이 번짐이 되어 세상을 향한 아름다운 소통이 되었으면 정말 좋겠다.

두드림과 열림 그 사이에 꽃이 핀다.

ⓒ고낙엽

—

# 소통, 그 아름다운 동사

'소통'은 명사다. 해체해보면 동사를 품고 있는 명사다. 끊임없이 오감의 촉을 세워 상대방을 탐색해서 같은 주파수를 맞추려고 노력하는 움직임이다. 그래서 소통은 아름다운 행위이다. 소통은 아름다운 동사다. 소통은 가슴으로 한다.

가슴이 열리지 않으면 아무리 소통하고 싶어도 할 수가 없다. 소통은 사람과 사람 사이에서 아날로그 방식으로 오고 간다. 대상을 바라봄에서 출발하고 그 바라봄이 진실할 때 자신을 드러낼 수 있으며, 동시에 타인의 드러냄도 보인다.

서로가 서로에게 드러내는 과정이 소통이다.

소통은 서로의 드러냄을 통한 커뮤니케이션이다. 드러냈을 때, 상대

방이 변하기보다 내가 먼저 변한 것을 발견한다. 내가 변해야 상대방
이 변한다. 변화는 나로부터 온다. 우리는 타인이 먼저 변하길 기대하
지만 내가 변하지 않으면 이 세상 그 어떤 것도 변화하기 힘들다.

친구들과의 만남은 서로에게 또 다른 소통의 통로를 열어주었다. 서
로에게 삶의 스펙트럼을 넓혀주었다. 친구들의 마음속에 어떤 무늬
와 질감이 드리워 있는가는 아이들의 사진을 보면 알수 있다. 가슴속
에 응어리져 있던 것을 친구들은 사진을 통해 조금씩 풀어낸다. 풀어
내는 과정이 자신을 드러내는 과정이고 소통의 한 과정이다.

예술로서의 사진보다는 커뮤니케이션으로서의 사진을 할 수 있도록
하는 일이 이 친구들에게는 절실하게 필요하다. 이 친구들의 사진을
예술적 관점에서만 보지 말고 좀 더 깊은 시선으로 들여다봐야 할 필
요가 있다.

친구들의 시선이 어디로 향하고 있는지, 친구들의 마음속에서 과연
어떤 일이 일어나고 있고, 앞으로 어떤 이야기를 만들며 살아갈 건지
에 대해서 말이다.

© 서햇님, 김숲, 정하나

—

# 나는 기다립니다 I

바쁘거나, 한가하거나, 짬만 되면 서점에 들러 이 책 저 책 탐색 하는 시간은 나에게 많은 생각과 아이디어를 만들어준다. 그중에서도 동화책 코너는 내가 가장 좋아하는 공간이다.

동화책 코너에 들어서는 순간 배시시 웃음이 나온다. 무디어져 버린 상상력이 갑자기 어디선가 툭 튀어나와 통통 굴러다니는 날것의 느낌. 까만 동공이 더 커져 집중하게 만드는 이야기 흐름들. 이런 것들이 여전히 내 가슴을 뛰게 만든다. 동화책 속의 고운 글과 그림들, 제목만으로도 상상의 날개가 펼쳐져 시간 가는줄 모르고 이 책, 저 책 뒤적거려본다.

옆으로 긴 판형이 특이한 책이 눈에 들어왔다. <나는 기다립니다>라는 빨간 글씨체의 조그마한 동화책인데 내용이 참 간결하면서도 가슴을 두드렸던 기억이 난다.

'나는 기다립니다.'

이 문장을 시작으로 아주 사소한 일상에서부터 자신의 꿈이 이루어지기 까지를 담아낸 소박한 문장 한 줄, 한 줄이 가슴에 와 조용히 닿았다.

친구들에게 기다림은 어떤 정서로 가닿을까?

기다림을 이미지로 만든다면 어떤 이미지로 나타날까?

나의 시선이 가닿은 책들은 친구들과 사진수업을 할 때 쓸 재료들이다. 재미있는 사진의 재료는 완전한 아날로그적 사고방식으로만 이 세상에 태어난다. 감성과 감성 사이의 교감. 기다림과 기다림 사이의 만남. 순간과 순간 사이의 선택. 그러므로 사진은 하나의 완벽한 자신만의 새로운 세계다. 지금까지 이 세상에 없었던 '찰나'의 이미지를 만들어낸다.

오직 아날로그 방식으로만 작동하는 기다림의 정서를 빠른 속도의 디지털 문화에만 익숙해져버린 이 친구들이 잘 알 수 있을까? 의심했던 건 나의 착각이었음이 이 사진 한 장으로 분명해 졌다.

노랑이에게 왜 우산을 이렇게 세워놓고 찍었는지 말해달라고 했다. 노랑이는 발그레한 볼을 부비며 이렇게 나직이 말했다.

"우산은 저 자신이구요. 기다리다 지쳐서 벽에 기대 있어요."

"누구를 기다리니?"

"엄마요."

훌륭하다는 칭찬 외에는 더 이상 어떤 말도 물을 수가 없었다.

사각 프레임 안에 사물을 의인화시켜 자신의 마음 상태를 완벽히

만들어냈다.

친구들은 사진과 여행하는 법을 서서히 알아가고 있고,

나는 이 친구들과 여행하면서 절친이 되는 방법을 서서히

알아가고 있다.

사진으로 절친 되는 일.

참, 행복하다.

—

# 나는 기다립니다 II

<나는 기다립니다>, 이 그림책을 열면 빨간 실이 한눈에 쏙 들어 온
다. 길고 짧은 빨간색 실이 사람과 사람을 연결하고 마음과 마음을 연
결한다. 실이 풀리기도 하고, 엉켜 있기도 하고, 연결되기를 반복하면
서 인생이 어떤 기다림으로 반복되는지 우리에게 조용한 울림을 전
하고 있다.

친구들의 기다림은 다양하다.

가족이 행복하게 웃는 그날을 기다린다는 친구, 면회 오길 기다린다
는 친구, 엄마가 올 때를 기다린다는 친구, 더 이상 힘들지 않고 편안
히 살 수 있는 날을 기다린다는 친구, 친구와 화해하기를 기다린다는
친구. 그들은 이런 기다림을 자기만의 이미지로 만들어낸다.

한 학기에 매번 다른 프로그램을 실험적으로 해보는 수업은 내가 사진의 또 다른 가능성과 희망을 확인할 수 있는 시간이기도 하다. 가끔 이런 나의 사진 교육에 부정적인 분들도 있다. 이론을 배제하고 사진의 우연성에만 치중한다고 하시는 분도 있다.

하지만 난 이곳에서 친구들이랑 4년 넘게 작업을 하면서 나름대로 확신하게 된 것이 있다.

세상에 우연은 없다는 것

세상 모든 것에는 분명한 존재의 이유와 만나야 할 이유, 거기 그 자리에 있어야 하는 이유가 수천 가지, 수만 가지도 넘는다.

셔터를 누른다는 것은 표출된 자아의 행위가 아니라 감추어진 자신 안에 또 다른 자아의 무의식적인 행위다.

상처가 많은 사람일수록, 불안이 많은 사람일수록, 실패가 많은 사람일수록 숨겨진 자아가 많은 사람이다.

또 다른 자아를 찾게끔 만들어주는 일, 자아와 또 다른 자아의 경계에서 긍정적인 지점을 찾게 해주는 일, 또 다른 자아에 대해 애정을 갖게 해주는 일. 예술이 지향해야 할, 혹은 예술가라고 자처하는 사람들이 해야 할 가장 기본적인 일이다.

엄마 올 때를 기다리며. ⓒ 정의

—

# 결핍에서 그리움으로

사람이든 자연이든 늘 있던 그 자리에 있을 때, 존재감은 없어지기 마련이다. 늘 '거기 있음'으로 인해 새롭게 보이지 않기 때문이다. 아니 새롭게 보려는 노력을 하지 않는다. 내 눈 앞에 원하든 원치 않든 늘 그 자리에 있으니까 소중함을 잊어버린다. 일상의 소중함을 잊어버리듯이 말이다.

참 아이러니하게도 사람들은 '거기 없음'으로 인해 존재를 기억하기 시작하고 추억을 더듬기 시작한다. 결핍의 순간에 기억을 회복한다. 사라지거나 모습을 바꾸어야만 그제서야 '거기에 있었음'을 깨닫는다.

'그리움'은 '결핍'에서 나오는 아름다운 정서이다.

어떤 대상을 좋아하거나 곁에 두고 싶지만 그럴 수 없어 애타는 마음,

지난 경험이나 추억을 그리는 애틋한 마음이 그리움이다.

완전히 충만해 있을 때, 우리는 누구를 그 무언가를 그리워하지 않는다. 무언가 모자라고, 그 자리에 그 사람이, 혹은 그 풍경이 없을 때 우리는 '그립다'는 말을 한다.

사진을 찍는다는 것은 지나간 시간들을 추억하기 위함이고, 기억하기 위함이다. 셔터를 누르는 순간의 충족과 누르고 난 뒤의 결핍. 그 끊임없는 반복 속에서 사진가는 자신의 기억을 이미지로 만들어낸다.

기억은 이미지를 만들어내고 이미지는 기억을 재생산한다. '그때 거기서 그런 일이 있었다.' '그때 거기서 그런 음악을 들었다.' '그때 거기서 그런 말을 했다.'

내가 만나는 이 친구들은 자신의 마음을 쉽게 열지 않는다. 워낙 상처가 깊기도 하겠지만 쉽게 어른을 믿지 않는다. 자신의 부모에게, 또 다른 어른들에게 받은 상처로부터 자유로워지려면 얼마나 많은 시간이 필요한 걸까?

친구들이 자신의 기억들을 이미지로 만들어내는 작업을 하는 동안 그들의 머릿속에는 무수히 많은 생각과 기억들이 교차할 것이다. 그리고 같이 작업을 하는 동안 자신의 '상처'에 대한 이야기를 자연스럽게 꺼낸다.

'결핍'은 모자라고, 망가지고, 비어있고, 떠나고, 사라진 빈틈이다. 이지러질 결(缺), 모자랄 핍(乏), 건강하지 못한 정서다. '결핍'이라는 건강하지 않은 정서가 어떻게 '그리움' 이라는 건강한 정서로 바뀔 수 있을까? 그건 그들의 영혼에 어떤 먹이를 주느냐에 따라 확연히 달라진다.

기억을 끄집어내는 것은 고통스러운 과정이지만, 그 과정이 없으면 결핍이 영혼에 황폐만 가져다줄 뿐이다. 한 학기가 끝날 즈음 친구들이 찍은 사진의 이미지를 보면 처음보다 밝아졌음이 한눈에 보인다.

> 기억하고 찍고 다시 기억하고 찍고를 반복하는 동안 결핍이
> 그리움이 되고, 아팠던 기억도, 슬픈 기억도, 나쁜 기억도
> 다 녹여내 푸른 청춘이 되었으면 참 좋겠다.

—

# 상처 그 아득한 아픔

친구들을 더 내밀하게 알고 싶어졌다. 일주일에 한 번. 사진수업 2시간. 그들의 아픔은 특별하다. 평범하고 나름대로 부모를 잘 만나 혜택을 누릴 만큼 누린 나에게는……. 그 아픔을 건드리면 더 아플까봐 물어볼 수도 없다.

'그럴 거야. 그럴 수 있지…….' 막연한 이해였다. 막연한 공감이었다. 막연한 소통이었다. 그런데 진정한 관계는 그런 아득한 추측만으로는 만들어지지 않는다. 어느 한 쪽에서 애쓰지 않는 한…….

난 분명히 사진을 가르치러 일주일에 한 번, 2시간을 친구들을 만나러 온다. 목적은 사진이었다. 사진을 통해 뭔지 잘 모르겠지만 그들을 바꾸고 싶었다. 오만이었고, 오해였다.

하지만 4년이 넘게 이곳을 다니면서 나름대로 터득하고 깨우친게 있다. 이 친구들에게 사진, 미술, 음악 자격증보다 더 필요한 것은 어른들의 사랑과 관심이란 것을⋯⋯.

대부분의 부모가 면회를 온다고 한다. 하지만 1년에 한 번도 안 오는 부모들도 많다고 한다. 내가 그 부모 노릇을 해주고 싶었다. 어차피 일주일에 하루는 오롯이 그 녀석들을 위해 쓰는 시간이니까 온전히 몰입하고 싶었던 거다.

4년을 오가면서도 난 그들을 대충 알고 있었다. 3번의 면회를 했다. 친구들이 좋아할 만한 간식을 사들고 수업이 끝나면 면회실에서 그들과 만난다. 이 시간에 나는 또 깨진다.

친구들은 내가 생각했던 것보다 더 깊은 상처를 안고 있었다. 내가 똘망똘망 눈을 맞추고 이야기를 들어주니까 그들의 마음의 문이 쉽게 열린다. 아마 10명의 친구들이 거의 비슷한 상처의 패턴을 가지고 있을 것 같다. 그들은 가장 가까운 어른들에게 상처 받았고, 상처를 잊기 위해, 자신을 지키기 위해 자신을 송두리째 내어놓고 반항하고 저항한다.

어쩌면 반항은 자신을 지켜내려는 애처로운 몸짓이라는 생각이 들었다.

깊은 눈물이 흘렀다. 난 지금 어떤 누군가로부터 상처를 받았다.

그 상처는 참으로 깊고 아득했다. 그래도 난 어른이니 어떻게든 견디어낸다.

보라는 민들레 씨앗 시리즈를 찍었다. 훅 불면 날아갈 것 같은 자신을 닮았다고 했다. © 보라

하지만 이 친구들은 무엇으로 견뎌내야 할까. 그래서 친구들은 스스로 살기 위해 반항하고 저항했다. 자신을 지켜내려고 어떤 누구도 관심을 갖지 않는데 살아보려고 애쓰고 스스로 깨우치고 있었다.

그 생명의 끈질김이란 차라리 고통이다.
그래서 친구들의 사진이 그토록 아팠다……

사진은 거짓말을 못한다. 나는 나를 뒤돌아본다. 우리는 나이를 어떻게 먹었을까? 세월이 지나면 누구나 나이를 먹는다. 하지만 나이와 마음의 성숙은 다르다. 어쩌면 이 친구들이 나보다 훨씬 삶의 성숙도 빠르고 삶의 발효도 빠를지 모른다.

나는 그들 나이에 오로지 나만을 위해 살았으며, 나만이 최고라고 '자뻑'했으며, 오로지 나만을 생각했다. 하지만 그들은 나 아닌 어른들을 이해하려고 노력하고 있었고, 적어도 타인을 배려 하는 게 어떤 건지 스스로 온몸을 던져 깨우치고 있었다.

나는 그동안 이 친구들과 같이 사진작업을 했던 시간을 절대 후회하지 않는다. 그들이 나를 진정 발효시키고 있는 중이므로…….

탈출ⓒ예은

# 변변찮은 어른들의 사과

친구들과 함께 보낸 2박3일의 여정은 개개인에게나, 서로에게 특별하고 의미 있는 시간이었다. 자신들이 찍은 사진을 보면서 글을 발표하는 시간을 통해 비록 짧은 시간이었지만 느끼는 바가 많았다.

또래에 맞는 조잘거림과 맹랑한 웃음, 설렘이 가득한 상상과 꿈이 깃든 학창시절의 일상을 잠시 과거의 앨범 속에 덮어둔 아이들. 다시 조심스럽게 꺼내어 자유와 기쁨을 만끽하면서 보낸 시간 속에서 그들은 무슨 생각을 했을까?

같이 동행한 작가들과 나는 여행 중에 같은 팀이었던 친구들에게 장문의 편지를 썼다. 마음을 다 녹여내 쓴 글이었다.

그네들도 우리 마음을 알지 않을까? 진심으로 변변찮은 어른들을 대표해서 사과하고 싶었다. 어른으로 성장해가는 그들에게 필요한 자양분을 충분히 공급해주고, 보살폈다면 그 찬란한 나이에 속박된 삶을 살지는 않았을 터다.

여행을 하는 동안 몇 명의 친구들이 나에게 마음속 상처를 드러 냈다. 가장 가슴이 아팠던 고백은 "제가 법원에서 판결 받는 날, 아버지가 돌아가셨다는 소식을 들었어요."라는 말이었다.

이야기를 하는 형숙이의 두 눈에 눈물이 그렁그렁 맺혔다. 그 눈을 잊을 수가 없다. 돌아보고 나니 다 후회뿐이라는 형숙이는 스스로 지난 시간을 정리한 듯했다. 이곳에서 나가면 돈을 벌고 싶다고 했다. 난 그저 이야기를 들어주고 그들의 등을 다독여줄 뿐인데, 그들이 열어 보인 가슴 한 켠에 같이 있어줄 뿐인데, 그 고통이 그대로 내 마음에 스며든다. 바짝 달궈진 쇠꼬챙이에 덴 것처럼 마음이 화끈거리고, 날카로운 칼날에 베인 것처럼 아리다.

누군가 이야기에 귀 기울여주고, 누군가 따뜻이 안아주고,
누군가 쓰다듬어 주고, 누군가 귀하게 여겨주고,
누군가 사랑해 주었다면……

이 친구들은 아마 이곳까지 오지 않았을 거다. 우리가 그들의 부모형제이고 그들이 우리들의 친구이기에 감싸 안아줘야 한다. 다시 세상을 향해 당당하게 설 수 있도록.

우리는 이 여행의 끝에서, 서로의 마음자리까지 다가가 부둥켜 안고 따뜻하게 온기를 나눈다. 이 가을이 그래서 더 아름답다.

ⓒ김형숙

함
께
하
기

너와 내가
다르지 않음을
인정하기

우리는 모두
꽃을 피우는
씨앗

함
께
하
기

누구를 만나느냐에 따라 삶의 지향점이 달라질 수 있다. 그래서 만남
은 중요하다. 친구들과의 인연은 나에게 또 다른 삶의 모티브를 만들
어주었다.

'함께하기'란 수평적인 관계일 때 가능하다.

관계는 서로에 대한 배려와 인내와 비움이 충만했을 때 성장할 수 있
다. 나는 관계의 평등을 친구들을 통해 깨달아가고 있고 성장하고 있
는 중이다.

맑아야 보이는 법이다. 마음도 눈도 맑아야 사람도 사물도 잘 볼수 있
다. '편견(偏見)'과 '선입견(先入見)'에는 모두 볼 견(見)이 쓰인다. 이
때 보는 것은 눈이 아니라 마음으로 본다는 의미일 것이다. 한쪽으로
치우친 공정하지 못한 생각으로 상대를 보면 제대로 볼 수가 없다. 편
견이나 선입견은 마음눈에 먼지 같은 거다.

우리는 이 친구들을 과연 제대로 보고 있는가?

편견이나 선입견이 없이 이 친구들의 삶을 유심히 들여다본 적이 있는가? 혹시 뒤에서 그들을 손가락질하고 있었던 적은 없었나?

그 친구들도 다 잘하고 싶어 했다. 근데 자기를 아무도 믿어주지 않는다고 했다. 어쩌면 어른들이 이 사회 부적응자들을 양산하는 일등 공신들이 아닐까? 어떤 친구의 말이 아직도 귀에 생생하다.

"어른들은 피해자의 말만 믿지, 가해자의 말은 들어보려고도 하지 않아요. 어떨 땐 억울하고 상처가 되어 일부러 더 하게 되요."

눈물 글썽이며 내 눈을 보며 말한다.

마음이 무거워졌다. 그런 편견과 선입견으로 그 친구들을 코너로 몰아간 건 우리 어른들이다. 친구들을 만나보면 어른들에 대한 신뢰가 없다. 특히 가장 보호받고, 신뢰를 주고받아야 할 가족관계가 깨지면서 부모에게서 받은 상처가 많다. 가장 믿어주고, 가장 따뜻하고, 가장 단단히 버팀목이 돼주어야 할 가정이 이 친구들에게는 곧 상처고, 아픔이고, 고통이다.

14년간 밤거리를 떠도는 5,000명의 아이들의 삶을 되찾아준 미즈타니 오사무 선생님은 이렇게 말한다.

"아이들은 모두 '꽃을 피우는 씨앗'이다. 어떤 꽃씨라도 심는 사람이 제대로 심고, 시간을 들여서 정성스레 가꾸면 반드시 꽃을 피운다. 아이들도 마찬가지다. 학부모와 교사, 지역의 어른들과 매스컴을 포함

한 사회 전체가 아이들을 아끼고 사랑하며, 정성껏 돌본다면 아이들은 반드시 아름다운 꽃을 피운다. 만약 꽃을 활짝 피우지 못하고, 그대로 시들어버리거나 말라버리는 아이가 있다면 그것은 분명 어른들의 잘못이다. 그리고 아이들은 피해자다."

우리가 가슴에 새겨야 할 소리다. 나는 사진을 가르치는 것보다 더 중요한 것은 따뜻한 정서를 공유하고 느끼게 해주는 것이라고 생각한다.

"피아노의 건반은 우리에게 반음(半音)의 의미를 가르칩니다.
반(半)은 절반을 의미하지만 동시에 동반을 의미합니다.
모든 관계의 비결은 바로 이 반(半)과 반(伴)의 여백에 있습니다."

신영복 선생님이 하신 말이다. 차이와 간격을 인정하고 공존하며 함께 가는 길. 그 길에 꽃이 핀다. 그 길에 향기가 있다. 그 길에 또 다른 길이 생긴다.

—

# 예은이 마음속에 숨어 있는 이미지

내 주변에 있는 청소년들은 사회가 말하는 문제아, 학교 부적응자들이다.

근데 이상하다. 내가 만나 본 아이들은 문제아가 아니다.
뭐가 문제일까? 어른들은 왜 문제아라고 표현할까?

문제아라고 말하는 아이들일수록 강한 척한다. 문제아라고 말하는 아이들일수록 허세를 부린다. 그러나 그들 모두 연약한 아이일 뿐이다. 그들의 눈빛은 슬프고 절망적이다.
친구들 이야기를 가슴을 열고 듣는다. 다들 잘하고 싶어 한다.
어른들로부터 인정을 받고 싶어 한다. 하지만 누구 하나 관심 갖고 자신을 봐 주는 사람이 없다. 사랑을 받을 사람도 사랑을 나눌 수 있는 사람도 없다.

비난만 할 줄 알았지, 손가락질만 할 줄 알았지. 정작 그들의 이야기를 마음을 열고 들어줄 누군가가 곁에 없다는 사실이 아프게 다가온다.

카메라를 쥐어주면 아이들은 자신의 생각과 느낌을 정확한 이미지로 표현한다. '내가 만난 나의 이미지'라는 시간을 통해 예은이가 표현한 이미지이다.

예은이는 홑거풀에 오똑한 코를 가진 예쁜 친구였다. 첫날은 물어도

절박함, 코너, 웅크림 ©예은

대답도 안 하고, 짜증 부리는 듯한 말투에 시큰둥한 표정이었다.

내가 먼저 마음을 열었다.

"예은이는 자기 마음을 정말 잘 표현하는구나. 구석에 몰린 것 같은 느낌을 받니?"

의외로 마음을 빨리 연다.

"네, 샘. 코너에 몰려있는 느낌이 들어요. 그럴 때면 자꾸 마음이 웅크러들어요."

"그렇구나. 예은이가 그럴 때 누군가 곁에서 말을 들어줄 사람이 있으면 참 좋을 텐데……."

"……."

아이들은 누구보다 더 빨리 알아챈다. 자신의 말을 진심으로 듣고자 하는지, 아니면 대충 듣는 건지……

아이들의 마음의 결은 여리디 여리다. 사진은 그런 마음을 가장 빠르게 열어주는 마음의 열쇠다. 열쇠를 열고 들어가기만 하면 그들 마음의 창고 안은 온갖 진귀한 보석들로 가득 차 있다. 본인들도 자신에게 그런 보석이 있는 줄 모른다. 사진을 하면서 스스로 자신의 보물을 발견해내는 기쁨을 맛보게 된다. 그걸 같이 발견하고 나누는 기쁨은 나눠본 사람만이 알 일이다.

—

## 마음으로 꾹꾹 눌러 쓴 사진일기

학기가 시작할 때면 언제나 친구들이 좋아할 만한 일기장을 사러 문
구점에 들른다. 아이들 얼굴을 떠올리며 일기장을 고르는 시간은 설
레고 그만큼 행복하다.

그들과 연관된 모든 일은 진심으로 마음을 다하려 노력한다. 내가 진
정으로 마음을 주어야, 친구들도 마음을 내주기 때문이다.

아무 노력 없이 친구들의 마음문을 열 수는 없다. 그들은 상대방의
마음과 눈빛을 너무나 잘 읽는다. 읽고, 탐색한 후에야 조금씩 삐걱거
리면서 마음문을 열기 시작한다.

그들을 통해 세상 이치를 깨닫는다.

사진일기는 내가 수업을 진행하는 프로그램 중 가장 중요한 작업이

다. 친구들이 수업 때 찍은 사진을 인화해서 다음 수업에 나누어준다. 그들의 감성이 가장 잘 나타나 있는 사진을 고르는 일은 나에게도 아이들에게도 늘 흥미롭다.

자신이 찍은 사진을 눈으로 보고 만지는 시간을 손꼽아 기다린다. 그들은 사진일기를 마음으로 꾹꾹 눌러서 정말 열심히 쓴다.

사진일기를 보면 마음이 짠해질 때가 참 많다. 그들의 마음이 진심으로 내 마음에 전해오기 때문이다.

친구들의 사진일기이다.

"공통점이 있다면 사람은 누구나 불행을 바라기보다 행복을 바란다는 것, 혼자서는 일어설 수 없다는 것, 누구나 사랑받기를 원한다는 것……"

이 글을 읽었을 때 난 가슴이 먹먹해 왔다. 열일곱 살 여리고 여린 소녀가 사랑에 목말라하는 갈망이 느껴졌기 때문이다.

사진을 찍고 글을 쓰는 일은 어쩌면 상처받은 너와 나에게 있어 가장 좋은 치유제가 아닐까.

2009년 1월 12일 오후 3시, 창원지방법원에서 10호 처분을 받고
안양소년원에 오게되었다. 현실이 죽도록 싫었고, 무심한 하나님이 미웠다
낯선 사람들, 텁텁하게 막혀버린 공간... 그리고 뒤늦은 후회는 나에게 세상살며
최대의 실수였다 곁에 부모님도, 친구들도 없다는 생각에 너무 힘들었다.

  어렸을때 부터 외로움을 많이 타는 탓에 혼자가 싫었고 지금도 싫다.

세상의 공통점이 한가지 있다면 사람들 모두는 불행이아닌 행복을 바란다는 것이다

그리고 사람은 혼자서 일어서기 힘들어하고, 누군가에게 사랑을 받아야지만

살아갈 수 있다. 나 또한 혼자서는 아무것도 할수없는 바보인줄만 알았는데..

구름모양들도 내 마음을 알았는지 이날따라 분위기에 맞게
배경과 그림이 잘 어울리고 해의 위치도 적당하고,
제일 마음에 드는것이다 좀 특별한 사진을 찍고싶었는데
이 사진처럼 내 앞으로의 남은 시간들도 허무하게 보내지않고
뜻깊게 보낼꺼고 누군가를 미워하기보단 좋아해줄꺼다
나도모르게 입꼬리가 올라가는 사진이다.

—

# 흔들리지 않고 피는 꽃이 어디 있으랴!

벚꽃이의 사진을 보면서 문득 도종환 선생님의 시, <흔들리며 피는 꽃>을 떠올린다.

가끔 이 친구들의 사진은 자연스럽게 시나 문학으로 연결될 때가 많다. 10대의 정체성에 대한 수업을 진행하면서 각자의 마음속에 품고 있었던 좋았던 기억, 아픈 기억들을 사진으로 표현해보는 시간이었다. 인생의 긴 여정 중에 10대의 터널을 거치면서 흔들려보지 않았던 사람이 있을까?

10대. 이유 없는 반항. 질풍노도의 시기. 까탈스럽고 변덕스러운 시기. 인생에서 가장 큰 홍역을 앓고 있는 시기.

이 친구들은 어쩌면 가장 극단적인 흔들림의 주인공인지도 모른다.

떨어진 꽃을 찍은 친구, 그림자를 찍은 친구, 운동장 한가운데 주인 없는 슬리퍼를 찍은 친구……. 밝은 그들의 표정 뒤에 숨겨진 얼굴들이 이미지로 드러났다. 그 중 벚꽃이의 사진이 단연 돋보였다.

"벚꽃아! 초점이 나갔네? 왜 이렇게 찍었니?"

"초점이 없는 게 저 자신 같아서요. 항상 저는 불안하고 흔들리는 아이였어요. 모든 게 불안하고, 초조했어요. 집안도, 친구들도, 나의 미래도……. 위안 받을 누군가가 필요 했어요."

나도, 그 친구들도 서로를 다독이며 위안이 되었던 수업이었다. 사진을 매개로 지난 기억의 순간들을 나누면서 서로를 치유하는 시간. 이 시간을 통해서 나는 무엇을 가르쳐 주는 선생의 위치가 아니라 이 친구들에게 완벽히 위안을 받고 있는 나를 보게 되었다. 그것은 새로운 경험이었다.

사진은 나에게 유일한 권력이었다. 사진은 나에게 유일한 자존심이자 자만심이었다. 하지만 이 친구들을 만나면서 그런 생각이 얼마나 오만하고 쓸데없는 것인지 깨달았다. 나는 사진을 다시 보게 되었다. 이미 사진은 학문으로서, 예술로서의 가치를 넘어 사람을 만나고, 마음을 이어주는 교감. 그 이상의 의미로 다가왔다. 그 친구들을 만나고 나서 만난 또 다른 사진의 세계. 그런 세계를 만난 것은 아마 나에게는 행운일지도 모른다.

—

# 우리는 작가다!

웅성웅성, 시끌시끌, 재잘재잘……. 축제 같기도 한 색다른 전시장이
완성되면서 이곳저곳 생동감으로 넘쳐난다. 액자가 도착한 전시장에
친구들이 삼삼오오 모여서 끊임없이 탄성을 지르고 있었다. 자신이
찍었던 사진들이 작품이 되니 스스로에게도 대견한 모양이다.

드디어 사진이 걸렸다. 친구들은 이내 진지해졌고 자신이 찍은 작품
을 하염없이 바라보기도 한다.

"샘! 우리가 찍은 사진을 액자에 걸어 보니까 감동이에요."

"샘! 이건 이쪽에 걸면 좋겠어요!"

"샘! 사진이 걸린 느낌상 이 사진은 저쪽이 어떨까요?"

여기저기서 샘을 부른다.

친구들이 직접 공간을 만들어갔다. 누가 시키지도 않았는데 스스로
큐레이터가 되었고, 서로 모여 의논하면서 알맞은 공간에 작품을 하

나씩 채워놓고 있었다.

스스로 움직이는 이 친구들을 보면서 많은 생각이 스쳤다. 어떤 힘일까? 이 친구들을 감동하게 만들고 자신에게 오롯이 집중하게 만드는 힘은 과연 무엇일까?

그동안 자신을 사랑하는 방법을 몰랐던 건 아닐까?

자신을 옹호하면서 자신에 대해 자부심을 갖게 해주었던 경험이 얼마나 되었던 것일까? 지금 이 순간 이 사진들을 통해서 그때의 감동이 다시 쓰나미처럼 밀려오고 있다.

모든 사진은 타임라인을 따라 흘러가는 시간을 증언해준다.

—

# 열 명의 아이들이 만든 하나의 작품

사진수업에 참여하는 친구들은 10명 정도이다. 한 사람 한 사람과 개별적으로 만나기는 많은 숫자이지만, 그 친구들이 관찰한 대상에 대해 촬영한 사진에 대해 주고받으면서 수업할 만한 인원이기도 하다. 그런데 어느 해인가 18명이 지원한 적이 있었다.

수업을 받고 싶어서 들어온 친구들인데 수강 인원에 제한을 둘 수는 없는 노릇이었다.

가장 먼저 부딪힌 문제는 카메라였다. 촬영을 해야 하는데 카메라가 부족했다. 처음 시작하면서 니콘에서 똑딱이 카메라 10대를 협찬 받았는데 작업하다 보니 그중에 5대가 고장 나 있는 상태였다.

난감했다. 까만 눈동자들의 기대 어린 눈빛을 바라보며 고민하다가 팀별 수업을 하기로 했다. 네 팀으로 나눴다. A4 용지를 나누어주고 각 팀끼리 주제를 정한 후 릴레이 글쓰기를 시켰다. 팀마다 작업 방법도 다르고, 작업성과도 달랐다.

이어쓰기가 잘 되는 팀도 있고, 전혀 손도 못 되는 팀도 있었다.

그런 팀들은 생각나는 단어를 적고 이야기를 나누도록 했다. 글을 쓰기보다 자연스럽게 대화하면서 그들 스스로 생각을 정리할 수 있도록 했다. 한결 수월했다.

문제를 풀어가는 방법에 대해서도 자신감을 갖는 모습이 보였다. 이제 완성된 글을 가지고 문장에 맞게, 단어에 맞게 사진을 찍어본다. 스토리텔링에 이미지를 씌우는 과정이다.

글쓰기는 일단 사물에 대해 객관성을 담보로 자신의 관점을 구체적으로 풀어가야 하므로 세밀한 표현이 요구되는 작업이다.

또 사진 촬영은 시각적으로 보이는 그대로 찍기도 하지만 관점에 따라 매우 추상적이고 주관적인 성향이 강한 작업이다. 이 둘의 장점을 잘 엮으면 매우 흥미로운 작업이 가능하겠다는 계산이 있었다.

작업이 재미있게 진행되었다. 글은 짧지만 구성이 잘 짜인 팀이 있고, 글은 헐겁지만 이미지를 잘 찾아낸 팀이 있다. 서로 의논 하면서 열심히 찍는다.

친구들이 찍은 사진과 글을 보면서 순서를 정하고 편집을 한다.

음악을 입힌다. 한 작품, 한 작품이 완성된다. 짜릿하다. 내 작업도 아닌데 마음이 벅차오르고 설렌다.

구단비 팀은 '인생'을 제목으로 붙였다. 원내에 있는 눈에 보이는 나무는 다 찍었다. 어린 나무가 자라 잎이 풍서해지고, 단단한 나무가

되어간다. 시간이 흐르면서 서서히 마른 잎사귀에 쓰러져 있는 나무
를 보여주고 있다.

이 친구들이 인생을 이미지로 만든 작업. 사진으로 만들어 본 또 다른 인생. 그들은 사진을 통해 정말 인생의 의미를 조금씩 알아가고 있는 걸까?

단비네 팀 아이들은 소년원 안에 있는 나무들을 찍어 '인생'이라는 제목을 붙였다. © 김예송

—

# 토닥토닥

요즘 내가 가장 좋아하는 의태어.

'토닥토닥'

입으로 되새겨도, 글로 써도 마음이 덥혀져오는 말이다. 아파하는 누군가에게, 상처받은 누군가에게, 힘들어하는 누군가에게 우리는 살포시 안아서 등을 토닥거려준다. 아무 말 없이 토닥거려주는 순간, 아팠던 마음, 상처받았던 순간들이 다 녹아내렸던 경험을 가지고 있다. 토닥거림은 사진으로, 미술로, 음악으로, 영화로, 뮤지컬로, 연극으로 받을 수 있다. 그 토닥거림을 요즘 '치료'라는 말로 대신한다. 그런데 나는 '치료'라는 말을 별로 좋아하지 않는다. 굉장히 개인적인 소견이긴 한데, 치료라는 말은 대상에게 문제가 있다고 단정하고 대상을 진

단하고 평가하는 느낌이 있고, 또 하나는 수직적 관계를 형성하는 단
어라서 좋아하지 않는다.

내가 하고 있는 작업을 종종 '사진치료'라고 하시는 분들이 있다. 하지
만 나 자신도 상처받은 영혼이고 모자라고 부실한 인간인데 내가 누
구를 치료해주겠는가? 그저 남보다 조금 많이 접한 사진이란 매체로
타인과 소통하는 노력을 하고 있을 뿐이다. 그런 소통을 가장 힘없고,
나약하고, 아픈 상처로 얼룩진 친구들과 하는 것이다.

난 샘물이가 찍은 나뭇잎 사진을 좋아한다. 인화해서 수첩 갈피에
끼워놓고 다닌다. 왜 이 사진이 좋은 걸까? 나뭇잎이 나 자신처럼 보
였다.

> 바람이 불면 휙 날아가는 나뭇잎에서, 아슬아슬하게
> 겨우 땅을 딛고 서 있는 나뭇잎에서 난 나의 인생을 보았다.

나의 나약함과 무언가 하고자 하는 의지를 동시에 본 것이다.

나는 샘물이의 사진을 보면서 스스로 위안받고 토닥이고 있었다. 이
사진은 여러 편의 시를 나누어주고 각자 마음에 와 닿는 시를 고른
후에 시 구절을 따라가면서 이미지를 만들어보는 시간에 나온 작업
이다.

샘물이는 이정하 시인의 '험난함이 내 삶의 거름이 되어'라는 시로 이
렇게 훌륭한 작업을 보여주었다. 그동안 누구에게도 말할 수 없는 아

품과 갈등을 카메라렌즈를 통해 솔직하게 드러냈기 때문에 이런 좋은 사진이 나오지 않았을까?

사진을 찍는다는 것은 시간 속에 뭔가를 도려내어 그 시간을 과거에서 현재, 미래라는 씨실과 날실로 자신의 이야기 한 편을 엮어가는 행위가 아닐까?

스스로 자신을 드러내고 마주침으로 자신에게 토닥이게 되는 건 아닐까?

## 사진의 힘

두려움과 기대감으로 시작했던 일이 어느덧 4번째 전시를 앞두고 있다. 늘 그렇듯 전시를 앞두고 내 방 벽을 친구들의 사진으로 도배를 했다. 그리고 전시가 끝날 때까지 틈만 나면 보고 또 본다. 오랜 시간 찬찬히 들여다보면서 두려움은 기대감으로, 기대감은 두려움으로 바뀌는 묘한 감정의 교차를 느낀다.

전시란 그동안 열심히 작업한 결과물을 사람들에게 보여주는 것 이기도 하지만 또 다른 방식으로 자신과 혹은 타인과 소통할 수 있는 소중한 시간이기도 하다. 그런 시간들을 통해 마음의 근육이 더욱 단단해짐을 알기에 전시를 하지 않을 도리가 없다.

벽에 걸린 사진들을 보면서 어떻게 이런 사진들이 가능할까? 싶게 잘 찍은 사진들이 있다. 좁은 공간에서만 찍다가 처음으로 제주에 2박3일 사진여행을 다녀와서 그런지 사진들이 다양해졌다.

항상 어려운 조건 속에서도 전시가 가능한 이유는 친구들이 사진을 통해 조그만 희망을 만나기 때문이다. 친구들에게 선생이란 무엇을 가르치는 위치가 아니라는 것을 수업을 할 때마다 느끼곤 한다. 오히려 나에게 선생은 그들이었다.

자유로운 시각, 통통 튀는 상상력, 발랄하고 재치 있는 생각과 열정, 이 모든 것들을 잊어버리고 있었는데 굳어있던 심장을 그들이 뛰게 만들었다. 차가운 가슴을 그들이 뜨겁게 만들었다.

생각지 못했던 결과물 앞에서 어쩌면 이런 극한 환경이 오히려 친구들의 시각을 더 자유롭고 풍요롭게 만드는 힘이 되었는지도 모른다. 찍을 수 있는 공간이 제한되어 있다는 것은 어쩌면 사진 작업을 하는 사람들에겐 최악의 환경이라 생각해왔다. 하지만 그들을 통해서 똑똑히 보았다.

제한된 공간에서 시각이 얼마나 자유로워질 수 있는가를……
제한된 공간에서 상상력은 또 얼마나 커질 수 있는가를……

카메라는 근대가 만들어낸 놀라운 기계다. 하지만 그 기계를 통해 이미지를 만드는 것은 사람의 눈이며 영혼이다. 인간이 만든 기계 중 사진기처럼 인간의 영혼을 불어넣어야만 결과물을 뽑아 낼 수 있는 것이 또 있을까?

나는 사진의 힘을 믿는다.

그 힘이 인간의 감성에 살며시 다가와 조용한 혁명을 일으킨다는 것
을……. 네 번째 '세상을 향한 아름다운 소통'을 향한 그들이 전시를
통해 세상과 소통하고 자신과 소통하는 시간이 되길 간절히 빌어보
는 밤이다.

# 필요한 건 용기

혜민이와 수미는 사진반 친구들 중 가장 어리다. 중등반이다. 대부분한 학기 배우고 나면 새로운 친구들이 들어오는데 이번 학기에는 네명이나 봄 학기에 배우고 다시 가을학기에 들어왔다.

혜민이는 엉뚱하고 수미는 발칙하다. 바라보는 시각이 독특하다. 그독특한 지점이 발랄하며 유쾌함을 동반한다. 시각이 다르다는 것은사고가 다르다는 말이다.

삐딱한 시각. 남들은 돌멩이를 보는데 돌멩이 안에서 사람의 표정을읽는다거나, 누구는 나무열매를 보고 있는데 나무열매를 따서 자기신체 여기저기 놓아 본다든가, 누구는 나무를 보는데 나무 안에서 또다른 형태의 나무를 발견한다든가, 누구는 천정 위의 형광등을 보고있는데 어떤 친구는 형광등에서 터널 속의 빛을 본다든가…… 이런모든 시각은 삐딱하게 한 번 더 전두엽을 비틀었을 때 나올 수 있는

손금 위에 핀 빨간 열매 © 신혜민

사고이자 시각이다.

혜민와 수미는 단짝 친구다. 늘 같이 다닌다. 늘 같이 웃고, 같이 심각하다. 그런 그들이 귀엽고 사랑스럽다. 나의 중학교 시절로 다시 돌아간 듯, 그들을 보면 내가 보인다.

제주도 여행을 다녀오고 난 뒤, 진지하게 사진공부를 정말 하고 싶다는 내용의 편지를 보내왔다. 둘이서 공부를 어떻게 할 건지 구체적인 계획도 쓰고 선생님들이 도와달라는 부탁의 편지였다.

무얼 해줄 수 있을까? 우리들은 과연 이 친구들에게 무얼 도와 줄 수 있을까? 순간 뜨끔했고, 두려웠다.

내 인생도 책임지지 못하면서 과연 내가 누구의 인생을 책임 질 수 있을까에 대한 회의감도 들었다. 책임감만으로는 이 친구들의 인생을 내가 어떻게 해줄 수는 없다. 책임감보다 더 중요한건 어쩌면 '무모한 용기'일지 모른다.

스스로에게 묻는다. 과연 내가 이들에게 책임감으로 해줄 수 있는 것이 무언가? 책임감이 무거우면 어느 순간, 책임감에 짓눌려 아무것도 못하는 사람들을 많이 봐왔다.

난 지금, 책임감보다 용기가 더 필요한 지점에 와 있지 않는가?

—

# 마음의 빨간약

돌이켜보면 인생의 가장 힘든 시기에 사진과 만났다. 그때, 내 삶에서 유일한 위안은 부모도, 형제도, 친구도 아닌 사진이었다.

내 방 한 구석에 엉성하게 만든 암실. 그 공간 안에서 필름을 현상하고, 인화도 하고, 시와 소설을 읽으며 시간을 보냈다. 그 시간은 기꺼이 나의 힘들고 아팠던 마음을 다독여주었고, 위로해 주었다.

눈만 뜨면 사진을 찍고, 필름을 현상하고, 암실에 박혀서 인화하는 시간……. 시간은 느리게 갔다. 그 느린 시간의 흐름 안에서 난 나를 정확히 바라볼 수 있었다. 내가 무엇을 하며 살아야 되는지 확실히 알 수 있던 시간이기도 하다.

그때. 그 시간. 충만했고, 그 충만함으로 행복했다. 아무도 나의 마음을 몰라준다고 생각했던 시기. 카메라는 나와 나 자신을, 나와 타인을, 나와 세상을 소통할 수 있게 해준 유일한 도구였다.

스스로 마음의 상처를 치유하는 방법은 사람마다 다르다. 어떤 사람은 글쓰기를 통해, 어떤 사람은 음악을 통해, 또 어떤 사람은 그림을 통해, 운동을 통해, 신앙을 통해 여러 가지 방법으로 자신의 아픔을 극복해간다. 나는 사진을 통해 스스로 위로받았고 삶에 용기를 얻었다.

치료, 치유, 힐링, 테라피, 상담……. 굳이 이런 어려운 전문용어를 쓰지 않더라도 우리는 넘어지고 상처가 나면 빨간약을 찾는다. 마음에 상처가 나도 빨간약을 찾는다.

모든 상처는 자신이 가장 잘 안다. 어느 부위가 아픈지, 어떻게 다쳤는지, 어떤 상황에 상처가 났는지……. 그 상처에 대한 이야기를 가장 세세하게 말할 수 있는 것도 자신이다. 하지만 우리는 대부분 마음의 상처에 솔직하지 못하고 말하기조차 꺼려한다.

마음의 문이 스르륵 닫힌다. 움츠러든다. 주름이 진다. 멍이 든다. 그늘진 마음 안에 햇볕이 필요하다.

오랫동안 광합성을 하지 못한 화초가 소들소들 말라가듯, 우리 마음도 광합성을 못하면 말라가는 화초와 다를 바 없다. 어쩌면 화초보다 못할지 모른다.

화초는 소들소들 말라 떨어진 잎이 다시 거름이 되어 새 생명으로 탄생하는 데 보탬이라도 되지만, 사람 마음이 시들어버리면 회복하기가 힘들다. 나뭇잎에는 보석처럼 엽록소가 박혀 있어서 스스로 햇빛과 물을 합쳐서 새 생명을 만들어낸다. 사람에게도 보석처럼 박혀 있는 엽록소가 있다. 나는 그것을 예술이라 말한다.

예술은 사람들에게 상처받은 영혼에게 빨간약 역할을 한다. 친구들에게 사진은 자신의 몸에 박혀 있던 숨은 보석들을 찾아주는 역할을 한다. 그 보석을 발견했을 때 자신이 무얼 할 수 있는 사람인지 깨닫고, 과거의 나와 화해할 수 있는 긍정적인 호르몬이 발생한다. 굳이 심리학을 전공하지 않더라도 헤아려지고 알아지는 것들은 내가 아파봤었고, 내가 바닥에 깔려 허둥거려 봤었기 때문에 자연스럽게 알아지게 된 것 뿐이다.

인생은 책을 펴서 공부를 해야만 터득되고 알아지는 것이 아니잖는가. 이 친구들 사진을 보면서 미묘하게 뒤섞인 따뜻함이 축복처럼 가슴속으로 퍼져간다. 그런 따뜻함이 내 삶에 살포시 다가와 조용한 격려를 보낸다.

내 마음의 빨간약은 어쩌면 이 친구들의 사진일지 모른다.

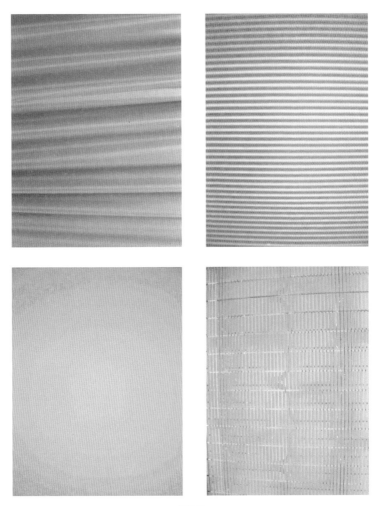

# 어떻게 도와주면 될까?

## 무엇이 문제일까?

무엇이 아이들을 이토록 거칠고 힘들게 만드는 것일까? 그들은 늘 불안해한다. 그들의 마음이 이리저리 헤맨다. 마음이 불안하니 눈동자도 흔들린다.

공부도 해야 하고, 알바해서 용돈도 벌어야 되고, 모범생이어야 하고, 어른들 말도 잘 들어야 하고……. 어리광 피울 시간이 없다. 받아주는 부모도 없다. 누군가 자신의 이야기를 진지하게 귀 기울여 들어주는 어른이 없다.

그들은 외롭다.

그래서 또래 친구들에게 자신의 고민을 이야기하고 나눈다. 끼리끼리 만나니 얘기해봐야 별 대책이 없다. 홧김에 호기심으로 술이나 담배를 하기 시작한다. 어둡고 으슥한 데 모여 술과 담배를 피우고 오토바이를 타면서 잠시나마 억압에서 풀려나온다.

집에 가기가 싫다. 가봐야 술 먹고 엄마 패는 아빠, 술 먹고 아이들 때리는 엄마를 보는 게 괴롭다.

### 그들에겐 집이 지옥이다

다행히 좋은 환경에 태어난 친구들은 참 행복한 거다. 늘 주변에 좋은 어른들의 배려와 친절이 넘쳐난다. 자애로운 아빠, 우아한 엄마를 둔 그들은 정말 로또 맞은 인생이다.

또 한편에서는 좋지 않은 어른들의 횡포와 억압과 폭력으로 매일매일 상처로 곪아가는 친구들이 있다. 그들이 받은 상처와 폭력과 억압은 고스란히 그들 마음에 지워지지 않는 문신처럼 새겨진다. 또 다른 상처와 폭력을 낳는다.

### 출발점이 다른 인생길이다

어떻게 보면 대단히 불공평하다. 억울하기도 하겠지. 부모 탓도 하겠지. 세상을 갈아엎어 버리고 싶다는 생각도 하겠지. 그들의 마음속에는 분노와 원망이 가득하다. 한 번 폭발하면 용광로처럼 끓어오른다.

그들의 마음을 다독여줄 무언가가 필요하다.

주위에 좋은 어른들이 시와 음악과 그림과 사진으로 이 아이들에게 분노가 끓어오르는 마음을 열정의 에너지로, 원망이 가득한 눈은 환희의 눈빛으로, 두려움이 솟는 음지의 마음을 당당한 양지의 기운으로 바뀌게 해줄 수 있다면 그런 좋은 어른들의 마음 길을 따라 가다 보면 그들도 좋은 길로 가는 방법을 알 수 있지 않을까?

그런 좋은 어른들의 마음을 모아서 친구들에게 또 다른 길을 만들어 주고 싶다. 그게 사진이든, 음악이든, 문학이든, 영화이든 그들이 예술이란 그릇 안에 들어와 그들의 영혼이 서서히 아름다움으로 물들 수 있다면, 그들이 그 아득한 곳을 나와서 이 사회 공동체 안에서 자신이 더욱 당당하게 서는 법을 배울 수 있을 텐데……. 먹고사는 자격증을 따게 해주는 것보다 영혼의 먹이를 주는 게 그들의 미래를 위해서 더 중요한 일이 아닐까?

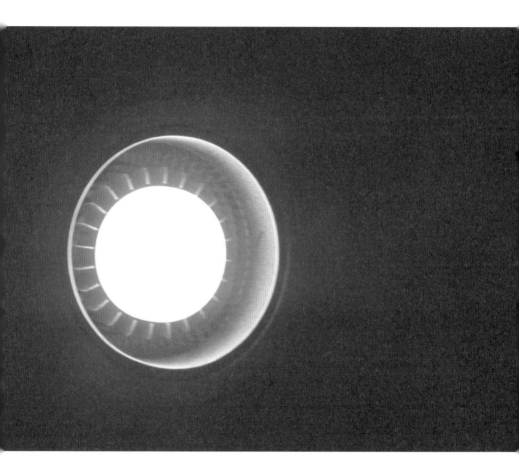

'밝음과 환희' 학교부적응 학생들에게 사진을 교육할 때 '나의 이미지'를 테마로 한 학생이 찍은 사진이다. © 재형

—

# 다르지 않다, 다르게 볼 뿐

제주도소년원에서 특강이 있었다. 강당에 들어서는 순간 '헉-' 하고 숨이 막혀왔다. 나보다 훨씬 큰 키. 여드름 자국 가득한 얼굴을 한 두툼한 목소리의 20여 명의 남학생들이 앉아서 일제히 나를 향해 시선을 고정시키고 있었다. 진땀이 먼저 났다.

그 시간도 잠깐. 처음에는 도저히 두 시간을 견딜 수 없을 것 같았던 친구들이 진지해져 온다. 조용해져 온다. 안양소년원 친구들 사진을 보면서, 그들의 책을 보면서 호기심으로 가득 찬 눈빛이 된다. 겉모습만 어른이지 칭찬해주면 금세 활짝 핀 벚꽃, 조용히 타이르면 금세 길 잘들인 강아지가 된다.

20여 명의 친구들에게 간단하게 카메라 조작법을 알려주고 봄빛이 충만한 운동장으로 나갔다. 그러고 나서 '찍는 법'이 아닌 '보는 법'에 대해 이야기해주었다.

모든 사물이 자신에게 다가와 말을 걸 때까지 바라다보는 법. 오래, 고요히, 천천히 바라다보면서 눈으로 사색하는 법.

남자 친구들이라 해서 거칠고, 난폭할 줄 알았는데 카메라를 들고 운동장 구석구석 다니며 나름대로 진지하게 찍는 모습을 보니 그 외모의 투박함 안에 여린 연두빛 봄풀 같은 감성이 숨어있었다.

돌을 보는 친구들, 하늘을 보는 친구들, 꽃나무를 보는 친구들, 빈 의자를 보는 친구들. 숨어있던 감성들이 삐죽삐죽 솟아나면서 그들의 얼굴에 수줍은 소년의 미소가 번진다. 사진만 보면 누가 남학생이 찍었다고 하겠는가? 그 거칠고 투박한 외모 안에 저렇게 여리고 여린 감성이 강물처럼 흐른다.

그들도 다르지 않다.
그들도 꼭 같다.

마음속에 솜털 같은 감성이, 마음속에 태양 같은 빛남이 있다.

단지 우리 어른들이 잘 못 볼 뿐이다.

어른들이 이 친구들을 자세히, 오래, 깊이 들여다봐야 된다. 그러면 그들의 눈빛이 고요해지고, 그들의 미소가 환해져온다.

마음을 열면 열리게 되어 있으므로…….

©혁

©얼

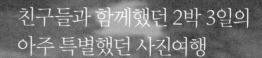

친구들과 함께했던 2박 3일의
아주 특별했던 사진여행

———

제주도에 도착한 아이들의 마음은 이미
쏟아져 내리는 찬란한 봄날.
2박 3일간 아이들은 놀라운 시각을 보여주었다.
공간의 확장이 시각의 확장으로,
시각의 확장이 생각의 확장으로 뻗어나갔다.

바다는 아이들에게
아무것도 묻지 않았다.

아이들도 그런 바다에게 굳게 닫아왔던
마음의 문을 열어주었다.
그렇게 바다와 아이들은 친구가 되었다.

사진여행의 미션
'나만의 포토에세이 만들기'

갇힌 공간에서만 촬영하던 그들에게 넓은 자연의 품,

그 자체가 혁명이었다.

제주의 사람,

자연과 만나면서

공간의 확장이 시각의 확장으로

시각의 확장이 생각의 확장으로

이어지기 시작했다.

놀랍게도 아이들은 2박 3일 동안
한순간도 카메라를 손에서 놓지 않았다.

무엇보다 상처 가득한 아이들의 마음에
행복의 씨앗이 자라나기 시작했다.
그리고 여행을 통해 응어리진 과거를 풀어낸
'용서하는 나'
'화해하는 나'
'사랑하는 나'에 대한 포토에세이

이 사진의 주제는 '상처'다.
왠지 모르겠지만 머리가 없는 사람동상을
보니 마음이 안 좋았다.
그래도 세 동상이 나란히 있어 재미있기도
하였다.    머리가 있었으면 더 좋을텐데...
이 사진처럼 내 마음에도 무언가 허전함이
있다. 그게 뭘까??

상처 받다보니까... 너무 수없이 받다보니까 구멍 사이에 수많은 구멍
이 생겨 버렸어. 언제쯤 이상처들이 매꾸어질수 있을까?
뭘로 채울수 있을까? 음...ㅋ 신이 우릴 흙으로 만들었다니까 흙이
필요하나? 아 아파 ㅠㅠ 이 세균같은 상처같은이라고는 ㅡㅋ
근데 이상처를 낸 주인공은 아빠 라서 너무 힘들고 짜증나.

2011.10.12   제주도여행중 찍었는데 색을 바꾸니까 뭔가 없애싶어진다.
바람에 흩어져 버릴수만 있다면 지금 당장 내 머릿골에 있는 악당같은
기억들을 흘릴꺼야. 왜냐면 지금 심리적으로 힘드니까 쓰쌩흑흑
다른 사람도 이걸보면 나처럼 느낄수 있나? ㅋㅋ 그럼 완전 😊😊 ㅎ.. 근데
바람에 흩어져 가직못한다면 그냥 간직해야되나? ㅡㅡㄱ
짜증나... 기억하기 싫은날 있으면  바로 삭제할수 있는 리모컨 만들어 볼까? ㅋ

이건 나무에 수많은 상처를 나타낸다
나무도 사람들 처럼 긴 시간을 보내면서
행복하기도 하고 상처받기도 한다
이 나무는 상처를 많이 받았나 보다~
내 마음에도 이런 기스가 많다.
나랑 비슷한거 같아 좋은사진인데...

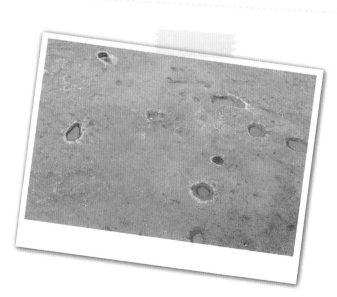

이쪽 아물겠다 싶으면 저쪽에서 쿵! 저쪽에서 아물겠다 싶으면 여쪽에서 쿵쿵쿵!
내 주위 사람들 나 싫어 하는거 아냐? 내가무슨 두더지 게임기도 아니고 --
복수 할수도 없고 것 ㅜㅜ

사진을 통해 풀어낸 아이들의 응어리진 이야기들
이제 이 땅에 상처받는 아이들이 사진을 통해 자신을 치유하고
성장해나갈 수 있도록 그들에게 바다와 같은 친구가 되려 한다.

바로 당신과 함께!

릴 ⸺⸺⸺⸺⸺⸺ 레 ⸺⸺⸺⸺⸺⸺

이 -

토닥토닥

괜찮아, 너희 잘못이 아니야!
어제까지 일들은 그만 잊어도 돼
이제 새로운 꿈으로
너희만의 인생 풍경을 만들면 돼

# 렌즈를 통해 본 그들의 세상

이동환(전 정심여자정보산업학교장, 구안양소년원 원장)

"렌즈를 통해 세상을 바라보는 눈을 하나 더 가진
우리 아이들은 이제 자신의 이야기를 하고 싶어 하고,
그들의 이야기를 듣고 싶어 한다.
그리고 자신의 소중함을 알게 되고 그들의 소중함도 알게 된다.
렌즈를 통해 본 세상은 외로웠지만,
자신의 따뜻함을 나누어주고 싶었고,
어두웠지만, 밝게 비추어주고 싶은 것이다."

비행기를 타고 제주도를 간다는 사실에 마냥 즐겁기만 한 우리 아이들의 모습을 보았다. 그리고 며칠 후 아름다운 제주도에서 자신의 아픔을 발견하고 성숙한 모습으로 돌아온 아이들을 보았다. 시커먼 바탕에 구멍이 뚫려 볼품 없어 보이는 제주의 돌을 보며 자기의 마음과 같다고 느낀 아이가 있었다. 그 돌을 보며 그 아이가 얼마나 마음 아팠을지를 생각하니 측은함보다 미안함이 앞선다. 그래서 아이에게 물어보았다. 힘들었냐고……. 아이는 말했다. "처음에는 돌을 보고 내 마음 같아서 예전 생각이 떠올라 괴로웠는데 사진을 찍으며 자꾸 돌을 보고 있으니, 나와 닮은 것 같아 기분이 좋아졌어요."라고 말이다. 아! 그랬구나. 나의 가슴 한 곳이 후련한 느낌이다. 아이에 대한 미안함이 해소된 듯 말이다. 그리고 알았다. 우리 아이들이 결코 약하지 않다는 것을. 이번 사진출사는 성공이다.

사진작업은 세상읽기다. 제주도 현무암에서 자신의 마음을 발견한 그 아이처럼 우리 아이들은 작은 렌즈를 통해 세상을 새롭게 보게 된다. 그 누구도 알 수 없었던 상처받은 아이들의 마음을 사진기는 보여주었다. 그리고 어루만져주었다.

눈으로 보이는 것만이 보이는 것이 아니다. 렌즈로 보이는 것 만이 보이는 것이 아닌 것처럼 말이다. 아이들은 그 누구도 알아주지 못하는 자신의 마음을 렌즈를 통해 본 그들의 세상에서 보고, 느끼고, 위로 받았다. 세상을 보는 또 다른 눈은 세상과 소통하는 또 다른 방법을 아이들에게 가르쳐준다.

가지 끝에 달린 나뭇잎을 찍은 아이는 그 나뭇잎을 찍기 위해 몇번이고 셔터를 누른다. 그리고 나뭇잎을 보고 또 보게 된다. 이번에는 나뭇잎이 이야기한다. 바람이 불어 춥다고, 나무에서 떨어질 것 같아 무섭다고, 외롭다고 말이다. 그리고 아이는 어느새 나뭇잎을 보면 슬퍼진다. 자신의 마음 같아서 말이다. 그리고 사진에 찍힌 나뭇잎을 보며 이야기한다. "내가 지켜줄게, 내가 옆에 있어줄게 우리 함께하자"라고 말이다.

돌, 나뭇잎에서 자신의 마음을 읽은 아이들은 친구, 선생님에게 마음을 연다. 그리고 그들의 마음을 읽으려고 한다. 소통인 것이다. 아름다운 소통, 렌즈를 통한 세상을 향한 아름다운 소통 말이다. 갖힌 울타리 속에서도 아이들은 세상과 끊임없이 소통하고 있는 것이다. 사진 작업을 통해 아이들은 자신, 부모님, 친구, 선생님의 마음을 알게 되고 이해하게 된다.

우리 아이들과 네 번째 사진작업을 해주신 고현주 작가님, 그리고 서애리, 임안나 작가님에게도 감사의 마음을 전한다. 특히 이번 작업에서는 아이들에게 더 넓고 아름다운 세상을 보여주고자 멀고, 힘든 여정을 마다하지 않은 작가님에게 더욱 감사할 뿐이다. 자기표현이 서툴고, 다른 사람을 이해하는 것이 힘든 우리 아이들에게 사진을 찍으며 마음을 읽게 해주고 나아가 아이들의 인성까지도 변화하게 한 사진교육이야말로 소년원 학생들에게 꼭 필요한 교육이 아닌가 한다.

렌즈를 통해 세상을 바라보는 눈을 하나 더 가진 우리 아이들은 이제 자신의 이야기를 하고 싶어 하고, 그들의 이야기를 듣고 싶어 한다. 그리고 자신의 소중함을 알게 되고 그들의 소중함도 알게 된다. 렌즈를 통해 본 세상은 외로웠지만, 자신의 따뜻함을 나누어주고 싶었고, 어두웠지만, 밝게 비추어주고 싶은 것이다.

이제 우리 아이들은 더 이상 세상이 원망스럽지 않다. 렌즈를 통해 세상을 아름답게 볼 수 있는 눈을 갖게 되었기 때문이다.

아이들은 꿈꾼다. 하늘을 보며 날고픈 꿈을 꾸었듯이 그들의 아름다운 미래를 꿈꾸며 희망을 이야기한다.

# 이 세상에 상처받은 수많은 나비들에게

김용택(시인)

////////////////////////////////////////////////////////////////////

"보고 싶고, 그립고, 풀들이 돋는 마당 가 장다리 꽃밭에 날고 싶어서
그리운 골목길을 지나 바람 부는 풀밭 위를 날고 싶어서
이렇게 날개를 접고 꽃을 들여다보고
속 날개를 펴고 이렇게 바람을 부른답니다"

내 날개에 떨어진 햇살을 보면
고향에 장다리꽃이 핀지 알지요.
봄바람이 살랑대면

장다리 꽃잎 네 장이

두 마리 나비가 되어

강을 건너는 꿈을 꾼답니다.

봄이 되면 맨발이
흙 속에 묻히는 마을,
속 날개로 바람을 신고 날았답니다.
저 하늘 어느 별에선가
강가를 나는 어머니 날개소리를 들었답니다.
보고 싶어요, 어머니.
내 날개를 쓰다듬어주는 아버지의 왼쪽 손가락 상처들을 만지고 싶
어요.
내 이웃에는 살구꽃이 피었답니다.
살구나무 꽃그늘 내린 마루 끝에 앉아 환하게 웃는 여자 아이를 보고
싶어요.

내 날개를 잡으러 다가오는 떨리는 눈빛을 보고 싶답니다.

보고 싶고, 그립고, 풀들이 돋는 마당 가 장다리 꽃밭에 날고 싶어서

그리운 골목길을 지나 바람 부는 풀밭 위를 날고 싶어서

이렇게 날개를 접고 꽃을 들여다보고

속 날개를 펴고 이렇게 바람을 부른답니다.

접었다 폈다 내 날개는 내 마음입니다.

나의 날개로 은하수 맑은 물을 닦아

날아가는 내 모습을 비추었답니다.

때로 나는 지상에 매인 끈을 자르고 날고 싶습니다.

풀들이 돋아나는 땅

어린 새들이 나는 하늘

폈다가 도로 접는 불쌍한 날개들

막 돋아난 쑥잎 끝에 태어난 이슬방울 하나

지구를 떠도는 슬픈 눈동자, 나는 나비랍니다.

내 고향은

봄비가 흔적도 없이 사라지는

그런 강물을 가지고

있었답니다. 바람 끝에는 누가 사는지,

서쪽으로 가면 풀밭이 있을지?

장다리 꽃,

날개를 펴고 지붕을 넘어 날아 온

꽃, 그 꽃
맨 처음 마루 끝
내 곁에 내려앉던 행복한 그
꽃을
따라 온
나는 나비랍니다.

# 우리의 푸른 나무 친구들에게

이해인(수녀, 시인)

"마음 깊이 묻었던
너희의 꿈을 일으키렴
……
우리도 이젠
더 많이 이해하고 사랑할게
더 많이 기도하고 응원할게"

파랗게 풀풀 든 마음으로
하얗게 흘러가는 구름의 마음으로
그저 가만히
너희의 이름을 부르는데
왜 자꾸 눈물이 나려하지?

우리 어른들이
너희의 꿈을 제대로
읽지 못한 부끄러움 때문일거야
너희가 하고 싶은 많은 말들
바쁘다고 시간 없다고
주의 깊게 정성스럽게
들어주지 못한 미안함 때문일 거야

사랑으로 함께하지 못하고

오히려 나무라기만 한
무관심의 시간들
모진 폭언으로
가차 없이 비난했던 그 시간들
미안하고 미안하다

용서해주렴

어떤 일이
잘못인 줄 뻔히 알면서도
어쩌지 못하고 빠져들 때
얼마나 두렵고 힘들었니?
아무도 옆에 없는 외톨이가 되었을 때
얼마나 외롭고 힘들었니?

우리의 맑고 선한 세상은
너희에게 달린 것 알고 있지?
우리의 밝은 미래는
너희에게 달렸으니, 친구들아
더 이상 어둠 속에 빠지지 말거라
더 이상 같은 잘못 반복하진 말거라
다시 한 번 시작할 용기로
활짝 크게 웃음을 꽃피우렴
마음 깊이 묻었던
너희의 꿈을 일으키렴
열심히 열심히
희망을 노래하렴

우리도 이젠
더 많이 이해하고 사랑할게
더 많이 기도하고 응원할게
힘든 일들 덮쳐와도
끝까지 선과 인내로
승리할 수 있도록
몸은 멀리 있어도
가까운 마음으로
손잡아 줄게
언제나 기다릴게

너희는 우리의
푸른 나무 푸른 애인

작지만 크게 될 사람들이니
어떻게 잊을 수가 있겠니?
어떻게 사랑하지 않을 수가 있겠니?
구슬이 서말이라도
꿰어야만 보배이듯이
우리는 서로에 대한 신뢰로
사랑의 구슬을 다시 꿰어가자

아름답고 소중하게
지혜롭고 성실하게

자, 이제 시작해보자!

# 자신을 진정 사랑하는 법

김민웅(성공회대 교수)

"그 꿈에는 세상이 만들어 줄 수 없는 렌즈가 있습니다.

자기만의 렌즈 말이에요.

그걸로 자신과 세상을 보는 겁니다.

남들이 보지 못하는 걸 알아차리고,

놓치고 마는 것을 포착하는 능력이 있는 마음을

지닌 사람들의 축복입니다.

그걸로 새로운 인생의 풍경을 그리는 겁니다.

그 안에서 우리는 스스로 감독이 되고,

주인공이 되어 멋진 작품을 만들어가는 거지요."

산의 정상을 향해 가는 것을 "산에 오른다"고 합니다. "산에 들어 간다"는 말도 있습니다. 한자로 표현하면 각기 등산(登山) 그리고 입산(入山)이 되겠지요. 그런데 영어에는 "산에 들어간다"는 말은 없어요. "Climb on the mountain." 그렇게 말하지요. 산은 이들에게 정상으로 가는 과정으로만 존재하는 겁니다.

이런 생각으로 만물을 대하는 사람들이나 사회는 언제나 경쟁적 이고, 정상을 향한 욕망에 휘둘리기 쉽습니다. 아니나 다를까, 우리 사회도 이런 식으로 굴러가고 있지 않나요? 거의 모두가 다 정상을 향한 경주에 몰두하고 있습니다. 그러다 보니 다른 사람들은 자신에게 경쟁자이고, 그 경쟁에서 뒤진 사람들은 탈락자 또는 낙오자로 불립니다. 그런 인간관계에서 교만한 우월감과 정신적 상처가 되는 열등감, 그리고 부당한 차별이 생겨나지요.

이런 차별은 인간을 아주 손쉽게 수단화하고 맙니다. 인간을 수단화 한다는 것은, 인간 자신이 가지고 있는 존엄성보다는 기능을 우선시 하면서 대하는 걸 말하지요. 그 기능이 필요하면 써주고 아니면 버리는 식입니다. 버릴 때에도 인간적 애정과 연민이 없습니다. 아주 냉혹 하지요. 경쟁과 도태의 원리가 지배하는 겁니다. 존재가치가 그렇게 평가되고 맙니다.

그러다 보니 사람들은 그 사회가 원하는 기능에 따라 자신을 만들어 갑니다. 물론 이것이 필요하지 않다는 것은 아니에요. 한 사회가 생존 하고 발전하기 위해서 필요한 기능이 있기 마련이고 그건 그 사회의

미래를 가꾸어나가는 일과 통하기도 하지요.

하지만 그것이 최우선의 가치가 되다 보니까 자기가 아닌 자기가 되어가는 경우가 많아집니다. 자신이 자신의 가치를 발견하고 그걸 통해서 인간적 기쁨을 느낄 수 있는 기회는 자꾸만 사라져가는 거지요. 부모님들도, 선생님들도 자라나는 아이들에게 자기 발견의 교육보다는 그 사회가 요구하는 기능을 개발하는 것을 교육이라고 믿습니다.

그런데 그건 사실 폭력입니다. 적지 않은 어른들이 그게 폭력인줄 모르고 "다 너를 위해서야"라고 생각합니다. 물론 그것은 진심입니다. 그렇지만 진심과는 달리 결과는 고통과 상처 그리고 그 영혼이 시들어가는 것으로 나타납니다. 이게 그 분들에게 의도적인 악의가 있거나 책임이라고 할 수는 없어요. 현실이 치열한 생존경쟁을 부추기고 있고, 자기 자식이나 제자들은 그런 경쟁에서 밀려나지 않도록 간절히 비는 마음이 있기 때문입니다.

그 마음은 그 마음대로 감사하게 받고, 나는 나의 진실을 찾는길은 없는 것일까요?

어떤 사람은 시인이 되고 싶고, 어떤 사람은 화가가 되고 싶어하며 또 어떤 사람은 가수가 되고 싶어하지요. 또 어떤 사람은 목수가 되고 싶고 또 어떤 사람은 요리사가 되고 싶어 해요. 성공 여부를 떠나서 그래야만 행복할 수 있는 출발선에 서게 되는 건데 그런 갈망은 멸시되거나 아니면 뒷전으로 밀려나기가 십상 입니다. 그리고 나서 시험 위주의 냉혹한 경쟁 체제 안으로 쑤셔 넣어집니다.

자기가 정말 무엇을 원하는지, 어떤 사람으로 살아가면 좋을는지 생각해볼 시간도 없는 채로 이미 다 정해진 진로 가운데 하나를 선택하는 것만이 남겨집니다.

이런 것은 모두 산에 누가 먼저 빨리, 정상에 도달하는가만 관심사가 되는 사회의 황폐한 모습입니다. 산에 들어서면 온갖 꽃들과 나무 그리고 곤충과 동물들이 있습니다. 바위도 있고 샘터도 있고 그늘도 있으며 바람도 있습니다. 그런 경치는 보지도 못하고 천천히 관조할 틈도 없이 우리는 위로, 위로 밀려 올라가는 삶을 강요당합니다. 그래서 정상에 깃발을 꽂는 것을 인생의 목적과 목표처럼 여깁니다. 그러나 그게 정말 우리가 원하는 것일까요?

이렇게 살면, 꽃 이름도 모르고 나무 이름도 모르고 풀 이름도 모르게 됩니다. 어느 꽃이 어느 계절에 피어나는지, 새소리를 듣고 그 새는 어떻게 생겼는지 알 수가 없습니다. 자연이 내게 주는 그 찬란한 선물을 눈앞에 두고도 그 가치를 모르는 인간이 되는 것입니다. 그런 사람이 사람의 내면에 존재하는 신비한 세계를 알 수 있는 방법은 더더욱 없어져갈 것입니다. 그런 사람들이 사는 세상은 서로에 대한 이해보다는 서로에 대한 적의와 공격, 그리고 지배가 대세를 이루게 되는 것이 당연해집니다.

친구들, 우리는 새로운 꿈을 가져야 합니다. 정말 보아야 할 것을 보고, 들어야 할 것을 듣고, 깨우쳐야 할 것을 깨우치는 그런 살아 있는 자기 교육과 자기 발견, 그리고 자기 성취를 이루는 것이 우리의 삶을 진실로 풍요하게 만드는 길이지요. 때로 상처받고, 때로 좌절하고, 때로 고통스러워도 이런 목표와 가치를 지니면 쉽게 좌절하지 않을 겁니다. 나 자신 안에 그 누구도 꺾을 수 없는 꿈이 있으니까요.

그 꿈에는 세상이 만들어줄 수 없는 렌즈가 있습니다. 자기만의 렌즈 말이에요. 그걸로 자신과 세상을 보는 겁니다. 남들이 보지 못하는 걸 알아차리고, 놓치고 마는 것을 포착하는 능력이 있는 마음을 지닌 사람들의 축복입니다. 그걸로 새로운 인생의 풍경을 그리는 겁니다. 그 안에서 우리는 스스로 감독이 되고, 주인공이 되어 멋진 작품을 만들어가는 거지요.

나는 결국, 나 자신을 만들어가는 작가가 되는 겁니다. 산속 깊은 곳으로 들어서면 들어설수록 황홀한 풍경이 나타나는 "점입가경(漸入佳境)"의 경지를 누리는 그런 작가 말이에요.

우리는 모두 그런 의미에서 예술가입니다. 친구들이여, 자신의 인생을 예술작품으로 만드는 열정에 취하는 감격을 한껏 누리시기를 바랍니다.

# 카메라를 들고 나를 세상 속에 담아보자!

최순호(전 조선일보 사진부 부장)

"이 길이 행복한지 끊임없이 물어본 뒤
긍정의 '힘으로 나아가자.
카메라를 들고 나를 세상 속에 담아보자.
세상 속에 당당히 발을 붙이고 서 있는 너희들을 만나고 싶고,
거친 세상 속에서도 꽃을 피워내는
너희들의 용기에 박수를 보내고 싶다!"

45년 전 지리산 산골에서 태어난 소년이 서울 광화문 한복판 네거리를 걷고 있다. 중학교 2학년 여름 아버지를 교통사고로 하늘나라로 보내고 홀어머니 밑에서 두 여동생과 쉽지 않은 청소년기를 보냈다. 결혼을 하고 뒤돌아보니 산골에서 넉넉지 않은 살림에 혼자 3남매를 키우셨으니 기적 같은 일이다.

난 어른이 되면 세상을 다 이해하고 확신에 차서 흔들리지 않고 살 줄 알았다. 어느새 내 머리 위에 하얀 눈들이 조금씩 늘어만 간다. 자식 이기는 부모 없다더니 마지막엔 다 아이들 뜻대로다.

어린 시절 내 뜻대로 한번 못 해보고 이제는 어른이 돼서도 내맘대로 되는 게 없다. 아직 어른이 안 된건가……. 어느새 고3인 딸과 중2 아들을 둔 중년이다. 모든 걸 다 아는 것처럼 큰소리를 치고 꾸지람을 하고 잔소리를 한다. 하지만 살아보니 어른이 되어서도 삶은 상수(常數)가 아니고 항상 미지수(未知數)더라.

모두가 올곧은 고속도로 같은 길을 선망한다. 하지만 인생길에 어디 고속도로만 있겠나? 오솔길도 있고 오르막도 있고 비포장 도로도 있다. 100킬로미터 이상으로 무한질주를 하다가 넘어지기도하고 예상치 못한 사고가 찾아오기도 한다. 길을 가면서 모두가 행복을 소원한다. 내가 어느 길에 있든 그 속에서 행복을 찾는 것이 제일 중요하다.

행복은 항상 내 곁에 있다. 문제는 내가 처한 상황을 어떻게 받아들이느냐다. 긍정의 힘이 우리를 다시 일어나게 하고 세상을 살아볼 만한 곳으로 변하게 한다. 흐르는 물에 비친 내 모습이 거울처럼 안 보인

다고 탓하지 마라. 물에 비친 내 모습이 명확하게 보이는 순간 젊음이
아니다. 안개 속 같은 알송달송한 길을 가는 것이 젊음이고 청춘이다.
언젠가 시간이 흐른 뒤에 아하 그게 나를 나답게 했던 중요한 터닝 포
인트였구나, 하고 무릎을 칠일이 있을 것이다. 무지개를 쫓던 소년처
럼……. 중요한 것은 나자신을 발견하고, 표현하는 방법을 발견했다
면 인생의 절반은 성공한 것이라는 점이다. 사진을 통해서 마음을 열
고 세상과 대화하는 방법을 찾아가는 과정이 좋아 보인다.

자유롭지 못한 공간 안에서 카메라를 들고 세상과 소통하는 너희들
의 모습이 눈에 아른거린다. 카메라 뒤편에 반짝이는 눈망울과 발딱
거리는 심장의 박동 소리가 사진 속에서 느껴지는 것은 즐거움과 함
께 날카로운 무언가에 찔리는 아픔으로 다가온다. 내가 왜 여기에 있
는지 내가 서있는 이 길이 행복한지 끊임없이 물어본 뒤 긍정의 '힘으
로 나아가자. 카메라를 들고 나를 세상 속에 담아보자. 세상 속에 당
당히 발을 붙이고 서 있는 너희들을 만나고 싶고, 거친 세상 속에서
도 꽃을 피워내는 너희들의 용기에 박수를 보내고 싶다.

# 그리고 다시 희망의 싹을 틔워보자!

송호창(전 국회의원, 변호사)

"엄지는 엄지대로, 약지는 약지대로
자기 나름의 쓰임새가 있고 존재 이유가 있다.
……
그것이 무엇이든
사람에겐 자신을 사랑하고
자신의 장래 희망을 추구할 기회가 필요하다."

법조인으로 감옥에 갇힌 사람들을 접하면서 자신을 쓸모없는 인간
이라고 비하하는 사람들을 자주 만난다. 10대 때 소년원을 경험한 후
50대가 되도록 사회보다 감옥에서 지낸 시간이 훨씬 더 긴 사람을 만
난 적도 있다.

당시 나는 그를 조사하여 기소여부를 판단하여 다시 감옥으로 보낼
지 말지를 결정해야 했었다. 수갑을 찬 채 내 앞에 앉은 그의 첫마디
는 "빨리 감옥으로 보내주세요."였다.

그가 무슨 범죄를 저질렀는지를 살펴보던 나는 순간 수사기록에서
눈을 뗄 때 그의 얼굴을 쳐다보았다. 그의 눈엔 아무런 기운이 없어 보였
고, 까만 눈동자와 하얀 여백 이외 아무 빛도 찾아볼 수가 없었다. 그
에겐 사회에서 살아갈 최소한의 의지도 의욕도 없었다.

그냥 뼈에 살가죽만 덮어 놓은 듯 그에게 생기라곤 전혀 없었다.

수십년 동안 눈을 감고도 하루 일과를 마칠 수 있을 정도로 변화 가
없이 단조로운 감옥 생활에서 나오자마자 사회는 그에게 스스로 밥
벌이를 하고, 누워 쉴 곳을 찾아야만 했고, 사회인들은 그에게 냉담
하고 그와 거리를 두려고만 했다. 감옥 밖의 1주일은 감옥 안의 10년
보다 더 견디기 힘들었던 그는 길가에 세워진 자동차들의 문을 열고
다니다가 잠금장치가 되지 않은 차 안으로 들어가 1,500원과 피우다
남은 담배 반 갑을 훔쳐 나온 것이 그가 내 앞에 잡혀온 이유였다. 그
사정을 알고 나자 그를 다시

감옥으로 보내는 것이 옳은 것인지, 훈계를 한 후 석방하는 것이 그를

위한 것인지 판단이 서지 않았다.

한참을 고민하고 동료 검사들과도 의논했다. 그와 많은 이야기를 나누기도 했다. 그리곤 그를 석방하는 것이 옳다고 마음먹었다. 하지만 그는 절대 나가지 않으려 버텼다. 그는 자신이 이 세상에 아무런 쓸모가 없는 인간이라고 말했다. 하지만 이 세상에 쓸모없는 것은 없다. 작은 부품, 나사 하나라도 그것이 없다면 기계는 작동할 수 없고, 이름 없는 풀 한 포기도 세상에 나온 이유가 다 있다. 엄지는 엄지대로, 약지는 약지대로 자기 나름의 쓰임새가 있고 존재 이유가 있다. 물론 전과자를 차별하는 사회에서 살아남기는 쉽지 않다. 그러나 아무런 희망 없이 자기 삶을 포기하는 사람을 사회가 방치해서는 안 된다. 그것은 우리 사회에서 희망의 싹을 죽이는 일과 마찬가지이다. 그를 일깨워 자신에게도 희망이 있음을 알게 해야 했다. 불행히도 그에겐 기회가 별로 없었다. 너무 오랫동안 사회와 격리되어 있으면서 자존감을 찾고 그것을 아끼고 사랑할 기회가 없었다. 그와 많은 대화를 나누면서 가장 안타까웠던 것은 그동안 아무도 그에게 희망을 일깨워주려 하지 않았다는 것이고, 또 그를 설득하기에 내가 너무나 모자라다는 것이었다.

그것이 무엇이든 사람에겐 자신을 사랑하고 자신의 장래 희망을 추구할 기회가 필요하다. 사진은 아주 훌륭한 기회이고 도구이다. 사각으로 들여다보이는 세상은 자신의 기호와 취향, 성격을 그대로 드러낸다. 세상을 찍지만 결국 촬영자의 눈에 비친 세상이고, 그것은 곧 자신이다. 사진은 결국 자신을 들여다볼 수 있는 훌륭한 도구이다. 고현주와 함께 꿈을 꾸며 카메라를 배운 아이들은 자신을 바라보고 희망을 찾으며 마침내 자존감을 가질 수 있는 훌륭한 기회를 가졌다. 그들이 자신을 사랑하는 만큼 다른 사람과 우리 사회까지 사랑할 수 있으면 좋겠다.

# 꿈꾸는 카메라
## 그리고 가슴으로의 공감
이명재(전 법무부 인권국장)

"누구보다도 사랑받고 싶다고,
누구보다도 세상과 소통하고 싶다고
외치는 아이들의 소리를 듣지 못하는 우리의 가슴에
'꿈꾸는 카메라'는 큰 울림이 될 것입니다."

가정으로부터, 사회로부터 상처받은 아이들…… 표현하여도 그들의 말에 귀 기울여 주는 이 없어 어느 순간 말을 닫아버린 아이들…… 자신도 모르게 범죄라는 굴레에 갇힌 아이들…… 그래서 세상과의 소통에 서툰 아이들…….

그들에게 사진을 통해 꿈을 키워준다는 사진작가 고현주의 이야기가 궁금하였습니다. 어떻게? 카메라를 통해 그들은 정말 꿈을 키웠을까? 하지만, 글을 읽은지 얼마 되지 않아 이내 그 궁금증은 해결되었습니다.

그의 카메라는 같은 곳을 바라보고, 함께 느끼며, 마주보고 대화 할 수 있는 통로였습니다. 그는 그들을 가르치지도, 그들을 위에서 바라보지도 않았습니다. 그들의 눈으로, 그들의 렌즈로 세상을 함께 바라보고, 함께 느끼면서, 세상을 향한 소통을 하고 있었습니다.

그러기에 그는 카메라를 통해 그들이 꿈꾸는 세상을 볼 수 있었고, 그들의 상처를 치유하며 그들과 함께 꿈을 키우고 있었습니다. '꿈꾸는 카메라'는 바로 작가 고현주가 '소년원'이라는 격리된 공간의 아이들과 가슴으로의 공감을 느끼며 아이들의 눈을 통해 바라본 세상을 그리고 있습니다. 그 세상은 동정이나 비난이 아닌 이해와 사랑을 갈구하고 있었습니다.

강한 척, 나쁜 척하며 자신을 보호하던 아이들이 '카메라'라는 매개를 통해 벌거벗은 자신을 내보이며 세상과 진정으로 소통하고 싶은 것이 무엇인지 보여주고 있었습니다.

머릿속 단순한 해법이 가장 실천하기 어렵다는 말을 들은 적이 있습니다. 작가의 '가슴으로의 공감'이 바로 그런 것이 아닌가라는 생각이 듭니다.

누구보다도 사랑받고 싶다고, 누구보다도 세상과 소통하고 싶다고 외치는 아이들의 소리를 듣지 못하는 우리의 가슴에 '꿈꾸는 카메라'는 큰 울림이 될 것입니다.
아이들의 세상과의 통로를 열어준 고현주 작가님께 감사의 말씀을 드립니다.

# 우리에겐 친구가 필요하다
한영선(전 법무부 서울소년분류심사원 원장, 범죄학 박사)

"좋은 친구를 '만나는 것'은 쉬운 일이 아니다.
좋은 친구가 '되어 준다는 것'은 더욱 쉬운 일이 아니다.
좋은 친구를 만나는 것은 행운이 필요하지만
좋은 친구가 되어 준다는 것은 희생이 필요하기 때문이다.
그녀가 아이들의 친구가 되는 일을 멈추지 않았으면 좋겠다."

고현주 작가를 처음 보았을 때 느낀 인상은 아담한 키에 둥근 안경을 낀 수줍어하는 소녀 같았다. 안경 너머로 보이는 큰 눈에는 깨알 같은 장난기가 가득했다. 실제 같이 대화를 할 때는 재치있는 말과 격의 없는 태도에 주변을 편안하게 하는 힘이 있었다.

참 둥글둥글하고 무엇이든 양보하며 이해할 것 같은 순박함이다. 그런 고현주가 소년원 아이들을 가르칠 때는 달라진다. 아니 자신의 일을 할 때 엄청난 집중력을 발휘한다. 아이들을 가르칠때는 조금도 타협하지 않는다. 어떤 어려움이 있어도 포기란 없다. 서글서글한 모습 어디에 그런 폭발적인 열정과 집념이 숨어있는 것일까?

소년원의 아이들은 한 두가지씩 문제를 안고 온다. 모두가 이런 저런 상처를 가지고 있다. 피부에 난 상처에는 약을 바르면 되겠지만 마음에 난 상처에는 이야기를 들어주고 위로해주는 친구가 있어야 한다. 소년원 아이들은 흔히 알려진 대로 비행청소년이고 불량친구들과 함께 어울려 다니는 아이들이다. 주변에 언제나 어울리는 무리가 있고, 항상 뭉텅이로 몰려다니니 친구가 많을 것 같다. 그러나 이들에겐 친구가 없다. 같이 어울리는 아이들은 모두 상처를 가진 아이들이고 같은 상처를 가지고 있다는 사실이 위안이 될 뿐이다. 위로 받고 싶어 왔지 상대를 위로해주기 위해서 함께 하는 것이 아니기 때문이다. 위로해주고 싶어도 그럴 만한 여유도 없고, 방법도 모른다. 상처받은 아이들이라 더 민감하고 자신의 의도와 달리 상처를 주는 데 더 익숙하다. 그리고 대부분은 자기 자신을 지키기에도 급급하다. 자신의 속마음을 이야기하면 이용당하고 놀림당하기 십상이다. 약한 아이로인식되어 그 무리 속에서도 따돌림을 당하는 것이다. 말 그대로 무리 속의 외로움이다.

우리 모두는 친구가 필요하다. 웃고 싶을 때, 울고 싶을 때, 외로울 때, 아플 때, 그리고 서러울 때 등 가만히 생각해보니 우리는 언제나 친구가 필요한 존재이다. 자신의 속마음을 털어놓아도 흉보지 않을 친구, 아픔을 비웃지 않고 위로해줄 친구 등 친구 없이 살 수 없을 것 같다. 아니 살 수 없다. 고현주는 소년원 아이들에게 이런 친구이다. 아이들의 아픔을 같이하면서 객관화 시키고, 그 아픔을 극복하게 해준다. 사진작업이 그것을 가능하게 한다. 그녀에게 카메라는 의사의 청진기와 같이 아이들의 아픔을 찾아내고 진단해낸다. 네거티브 필름은 마치 X-RAY 사진과 같다. 그리고 고현주는 그 아픔을 공감해주고 위로해준다.

"많이 아팠겠다."

"얼마나 힘들었니."

따뜻한 말 한마디에 닫혔던 마음이 열리고 상처가 아문다. 나에겐 어려운 일이 고현주에게는 엄청 쉬워 보인다. 아마도 그녀가 아이들의 눈높이에 맞춘 친구이기 때문일 것이다. 고현주의 힘은 아이들의 친구라는 데에서 나온다.

좋은 친구를 '만나는 것'은 쉬운 일이 아니다. 좋은 친구가 '되어 준다는 것'은 더욱 쉬운일이 아니다. 좋은 친구를 만나는 것은 행운이 필요하지만 좋은 친구가 되어준다는 것은 희생이 필요하기 때문이다. 그녀가 아이들의 친구가 되는 일을 멈추지 않았으면 좋겠다. 앞으로도 고현주의 애정과 열정, 고집이 계속 되기를 바라본다.